L'Île des esclaves

suivi de La Dispute

D'AUTRES CLASSIQUES DU THÉÂTRE
À DÉCOUVRIR EN LIBRIO

On ne badine pas avec l'amour, n° 1169
Bérénice, n° 1072
Georges Dandin, n° 1071
Les Précieuses ridicules, n° 776
Lorenzaccio, n° 775
Le Misanthrope, n° 647
Le Médecin malgré lui, n° 598
Les Femmes savantes, n° 585
Le Malade imaginaire, n° 536
Le Tartuffe, n° 476
Andromaque, n° 469
Le Mariage de Figaro, n° 464
Britannicus, n° 390
Phèdre, n° 301
L'École des femmes, n°277
Le Bourgeois gentilhomme, n° 235
Les Fourberies de Scapin, n° 181
Le Barbier de Séville, n° 139
Les Caprices de Marianne, n° 39
Dom Juan, n° 14

Marivaux

L'Île des esclaves

suivi de La Dispute

Librio

Préface

Nul doute que, tout comme son auteur, l'œuvre de Marivaux ne peut se réduire à des étiquettes, des mots plaqués sur elle, tels que celui-ci justement bien connu: le marivaudage. Qu'est-ce que le marivaudage? Utilisé à tort et à travers, ce terme prend, dès son origine, une valeur péjorative parce que tellement réductrice. Apparu en 1760, il est synonyme de préciosité. Dans le dictionnaire nous trouvons «marivauder: tenir, échanger des propos d'une galanterie délicate et recherchée». Ce n'est donc pas seulement réducteur, mais erroné. Pour un auteur qui passa sa vie à démêler le vrai du faux, il faut avouer que nous sommes ni plus ni moins devant l'implacable ironie du sort. Ainsi nul doute en effet que le génie de Marivaux fut souvent sous-estimé au XVIIIe, loué mais mal interprété au XIXe, pour enfin ces dernières décennies apparaître dans toute sa grandeur et sa complexité.

Tenir, échanger des propos, certes au théâtre cela va de soi, et pourtant… Analyser les mécanismes, la fonction du langage dans une dramaturgie est source de questions en cascade tout autant que ce qui permet d'accéder à l'essence de l'œuvre. Jusqu'à Marivaux, on peut schématiquement remarquer que le langage révèle l'action dramatique qui se déroule à travers lui, ou le provoque (un langage-réaction). L'auteur de *La Dispute* et de *L'Île des esclaves* – et c'est un processus que nous pouvons voir dans toute son œuvre – lie le langage à l'action à tel point qu'ils ne sont plus à dissocier: la parole est action et constitue souvent la trame même de la pièce.

«Tous les théoriciens sont d'accord sur ce fait: chaque pièce consiste dans une succession d'événements. La situation finale n'est pas la même que l'initiale (même si elle paraît identique): quelque chose a eu lieu.» (Bernard Dort). Chez Marivaux, quelque chose a eu lieu, mais cela passe par le langage-action qui est une véritable épreuve pour le personnage. Il est donc aberrant d'imaginer que cette épreuve pourrait se traverser dans un cocon de galanterie délicate et recherchée. Comme l'a conseillé Louis Jouvet à ses élèves du Conservatoire de Paris: «Pas de tendresse. N'en mettez pas dans Marivaux. Dans Marivaux, on s'en fout de la tendresse.» Et pour cause, c'est un théâtre bien plus éprouvant qu'il n'y paraît.

Quant à la notion d'épreuve (rappelons que l'auteur a intitulé une de ses pièces *L'Épreuve*), elle est aussi à replacer dans son époque: le siècle des Lumières, où l'on voit dans la raison, l'esprit, le moyen pour l'homme de transcender le mystère de sa nature (et non plus par le biais seul de la théologie), on repense l'homme dans sa primitivité, interrogeant la nature même. Dans *La Dispute*, le Prince dit: «C'est la nature elle-même que nous allons interroger». Et nous assisterons à un étrange spectacle où des adolescents seront indéniablement mis à l'épreuve, scrutés dans leurs moindres faits et gestes, cobayes de laboratoire. Cette comédie en un acte est la plus curieuse du répertoire de l'auteur. Avec elle, Marivaux revient sur une œuvre de jeunesse *Arlequin poli par l'amour* pour y mêler la gravité de *La Double Inconstance.*

Une expérience déroutante: afin de définir qui de l'homme ou de la femme donna le premier exemple d'inconstance, un prince fit élever à l'écart du monde deux garçons et deux filles, chacun dans un parfait isolement. Il s'agit à présent d'assister à leur découverte: la première rencontre avec une personne de même sexe et une autre de sexe opposé.

Écrite en 1744, donnée à la troupe des Comédiens-Français, *La Dispute* reçut un accueil glacial. Ce n'est pas étonnant, car comme l'a dit Patrice Chéreau: «Cette pièce allait plus loin que le théâtre de l'époque et ne ressemblait en rien aux autres pièces de l'auteur sur la vie en société, sur le plaisir. Jamais le langage de Marivaux n'a été aussi dense. On peut prendre les mots au pied de la lettre et en tirer des infinités de comportements, y voir une exigence absolue de la vie.» C'est d'ailleurs grâce à ce metteur en scène que, deux siècles plus tard, ce chef-d'œuvre quasiment tombé dans l'oubli a resurgi, imposant toute la violence de sa fable.

À propos de la violence justement, si Chéreau a mis en lumière le côté cruel de l'expérimentation, le voyeurisme, l'abus de pouvoir sur ces adolescents, c'est que le XXe a vu les utopies sociales s'effondrer (et c'est le propre de la scène de parler de son temps, d'exploiter toute la modernité d'une œuvre). Or, vouloir démontrer une thèse par l'expérimentation est aussi une caractéristique des Lumières. Il n'y a pas à proprement parler de discours subversif chez Marivaux, il joue sur les frontières sans les outrepasser, nous le verrons mieux dans *L'Île des esclaves.* Marivaux n'est pas un prérévolutionnaire. Un philosophe ? Peut-être, mais pas au sens « personne qui élabore une doctrine ». Non, cet auteur élabore une langue, et ne se lasse pas d'observer ses contemporains, il se place dans une sorte de hors-jeu où il peut exercer ses facultés d'analyse en vue d'une observation lucide. Jeu et hors-jeu, le jeu dans le jeu, voilà encore une des clés de la dramaturgie marivaudienne.

Dans *La Dispute*, le spectateur assiste à une représentation qui se dédouble. Hermiane et le Prince se placent hors du jeu (ou jouent le rôle de spectateur) pour assister à l'expérience. Carise et Mesrou (les domestiques) sont des spectateurs actifs ou plutôt des meneurs de jeu. C'est ce que l'on nomme le théâtre dans le théâtre, processus incroyablement moderne et foisonnant au XXe. Dans cette quête de lucidité-vérité, si certains personnages peuvent en être dupes, le théâtre n'est pas la vie, mais un catalyseur, un champ expérimental d'où jaillit une vérité profonde. Mais quelle est-elle cette vérité ? « Connaître ses sentiments, car seul le sentiment peut donner des nouvelles un peu sûres de nous. » (*La Vie de Marianne*). Et comment les connaît-on ? Par la « surprise du langage ». Lorsque Églé est confrontée à une nouvelle rencontre, celle d'Adine, les deux jeunes filles, tout innocentes qu'elles soient, prennent rapidement conscience de l'importance des mots, du fait que la parole peut être une arme redoutable.

Cette arme se révélera d'ailleurs d'une efficacité incroyable dans *L'Île des esclaves.* C'est par les mots, qui dépeignent les travers de leurs maîtres, qu'Arlequin et Cléanthis obtiendront gain de cause. Nous pouvons remarquer aussi l'importance du jeu dans le jeu qui prend ici toute son ampleur, procédé à la fois comique et lié à la tension dramatique.

Iphicrate et Euphrosine, accompagnés de leurs serviteur et servante, Arlequin et Cléanthis, font naufrage sur une île qui depuis cent ans est un refuge pour les esclaves grecs désirant s'affranchir. Trivelin est le meneur de jeu, et propose aux deux domestiques de prendre le rôle respectif de leurs maître et maîtresse, ceci en vue de corriger ces derniers du péché d'orgueil ou de coquetterie.

En somme «un cours d'humanité» qui les rendra sensibles aux maux qu'ils ont infligés à leurs esclaves. Les «petits maîtres» seront ainsi jetés à leur tour dans l'esclavage et devront se repentir afin de retrouver leur liberté.

Diverses époques se côtoient sans souci de véracité (c'est du théâtre), la toile de fond se passe dans une Antiquité de convention, les mœurs des maîtres relèvent bien du XVIIIe, il s'agissait de ne pas chatouiller de trop près la censure.

Représentée pour la première fois par la troupe italienne le 5 mars 1725, *L'Île des esclaves* choqua bien quelques esprits, mais les critiques furent plutôt unanimes, la jugeant drôle et morale. Une pièce morale qui affirme l'égalité foncière des hommes. Et si l'auteur n'hésite pas à employer le mot esclave pour domestique, cette comédie très audacieuse n'est pas un traité politique en vue d'abolir la domesticité. Marivaux se pose comme à son habitude en observateur: «Dans un domestique, je vois un homme, dans son maître je ne vois que cela non plus. Chacun a son métier, l'un sert à table, l'autre au barreau.» Il n'établit pas de doctrine mais se préoccupe de l'affect existant dans toute relation avec autrui. Il est vrai que le valet et la suivante tiennent une part importante dans son théâtre. Ne sont-ils pas les mieux placés pour observer les hommes, dans cet état d'aliénation imposé, mis en retrait, comptant pour du beurre dans le jeu social? Voilà néanmoins des personnes dont la saisie du monde et des autres est intuitive et souvent clairvoyante.

Arlequin et Cléanthis, aidés de cette intuition, joueront leur rôle avec brio. Ils sauront éprouver les nerfs de leurs nouveaux «esclaves». Et si, comme l'a très justement souligné Bernard Dort, «l'épreuve de l'autre se transforme inévitablement en épreuve de soi», les nouveaux «maîtres» auront aussi beaucoup à apprendre.

Et cela fait des miracles. Euphrosine ne dit-elle pas à Cléanthis dans l'avant-dernière scène: «Ne parle plus de ton esclavage, et ne songe plus désormais qu'à partager avec moi tous les biens que les dieux m'ont donné»? Et Trivelin de conclure: «La différence des conditions n'est qu'une épreuve que les dieux font sur nous.»

Pour Marivaux, tous les hommes ne sont peut-être pas bons, mais ils peuvent apprendre à le devenir par la conscience de leurs actes et de leurs sentiments. Un théâtre moral, un théâtre didactique. Didactique... Ce mot ne fait-il pas penser à l'un des plus grands dramaturges et théoriciens du XXe: Bertolt Brecht?

Marivaux fut donc étonnamment moderne, mais il fut surtout le génie d'une langue triomphante qui unit le cœur à l'esprit.

Mathilde LANDRAIN

L'ÎLE DES ESCLAVES

Comédie en un acte et en prose
représentée pour la première fois
par les Comédiens-Italiens
le 5 mars 1725

ACTEURS

IPHICRATE
ARLEQUIN
EUPHROSINE
CLÉANTHIS
TRIVELIN
Des habitants de l'île

La scène est dans l'Île des esclaves

Le théâtre représente une mer et des rochers d'un côté, et de l'autre quelques arbres et des maisons.

SCÈNE I

Iphicrate *s'avance tristement sur le théâtre avec* Arlequin

IPHICRATE, *après avoir soupiré* – Arlequin !

ARLEQUIN, *avec une bouteille de vin qu'il a à sa ceinture* – Mon patron !

IPHICRATE – Que deviendrons-nous dans cette île ?

ARLEQUIN – Nous deviendrons maigres, étiques, et puis morts de faim ; voilà mon sentiment et notre histoire.

IPHICRATE – Nous sommes seuls échappés du naufrage ; tous nos camarades ont péri, et j'envie maintenant leur sort.

ARLEQUIN – Hélas ! ils sont noyés dans la mer, et nous avons la même commodité.

IPHICRATE – Dis-moi : quand notre vaisseau s'est brisé contre le rocher, quelques-uns des nôtres ont eu le temps de se jeter dans la chaloupe ; il est vrai que les vagues l'ont enveloppée : je ne sais ce qu'elle est devenue ; mais peut-être auront-ils eu le bonheur d'aborder en quelque endroit de l'île, et je suis d'avis que nous les cherchions.

ARLEQUIN – Cherchons, il n'y a pas de mal à cela ; mais reposons-nous auparavant pour boire un petit coup d'eau-de-vie : j'ai sauvé ma pauvre bouteille, la voilà ; j'en boirai les deux tiers, comme de raison, et puis je vous donnerai le reste.

IPHICRATE – Eh ! ne perdons point de temps ; suis-moi : ne négligeons rien pour nous tirer d'ici. Si je ne me sauve, je suis perdu ; je ne reverrai jamais Athènes, car nous sommes dans l'Île des esclaves.

ARLEQUIN – Oh ! Oh ! qu'est-ce que c'est que cette race-là ?

IPHICRATE – Ce sont des esclaves de la Grèce révoltés contre leurs maîtres, et qui depuis cent ans sont venus s'établir dans une île, et je crois que c'est ici : tiens, voici sans doute quelques-unes de leurs cases ; et leur coutume, mon cher Arlequin, est de tuer tous les maîtres qu'ils rencontrent, ou de les jeter dans l'esclavage.

ARLEQUIN – Eh ! chaque pays a sa coutume ; ils tuent les maîtres, à la bonne heure ; je l'ai entendu dire aussi, mais on dit qu'ils ne font rien aux esclaves comme moi.

IPHICRATE – Cela est vrai.

ARLEQUIN – Eh ! encore vit-on.

IPHICRATE – Mais je suis en danger de perdre la liberté, et peut-être la vie : Arlequin, cela ne te suffit-il pas pour me plaindre ?

ARLEQUIN, *prenant sa bouteille pour boire* – Ah ! je vous plains de tout mon cœur, cela est juste.

IPHICRATE – Suis-moi donc.

ARLEQUIN *siffle* – Hu, hu, hu.

IPHICRATE – Comment donc ! que veux-tu dire ?

ARLEQUIN, *distrait, chante* – Tala ta lara.

IPHICRATE – Parle donc, as-tu perdu l'esprit ? à quoi penses-tu ?

ARLEQUIN, *riant* – Ah, ah, ah, Monsieur Iphicrate, la drôle d'aventure ! je vous plains, par ma foi, mais je ne saurais m'empêcher d'en rire.

IPHICRATE, *à part les premiers mots* – (Le coquin abuse de ma situation ; j'ai mal fait de lui dire où nous sommes.) Arlequin, ta gaieté ne vient pas à propos ; marchons de ce côté.

ARLEQUIN – J'ai les jambes si engourdies.

IPHICRATE – Avançons, je t'en prie.

ARLEQUIN – Je t'en prie, je t'en prie ; comme vous êtes civil et poli ; c'est l'air du pays qui fait cela.

IPHICRATE – Allons, hâtons-nous, faisons seulement une demi-lieue sur la côte pour chercher notre chaloupe, que nous trouverons peut-être avec une partie de nos gens ; et en ce cas-là, nous nous rembarquerons avec eux.

ARLEQUIN, *en badinant* – Badin, comme vous tournez cela !

Il chante :

L'embarquement est divin
Quand on vogue, vogue, vogue,

L'embarquement est divin,
Quand on vogue avec Catin.

IPHICRATE, *retenant sa colère* – Mais je ne te comprends point, mon cher Arlequin.

ARLEQUIN – Mon cher patron, vos compliments me charment; vous avez coutume de m'en faire à coups de gourdin qui ne valent pas ceux-là; et le gourdin est dans la chaloupe.

IPHICRATE – Eh! ne sais-tu pas que je t'aime?

ARLEQUIN – Oui; mais les marques de votre amitié tombent toujours sur mes épaules, et cela est mal placé. Ainsi, tenez, pour ce qui est de nos gens, que le Ciel les bénisse! s'ils sont morts, en voilà pour longtemps; s'ils sont en vie, cela se passera, et je m'en goberge.

IPHICRATE, *un peu ému* – Mais j'ai besoin d'eux, moi.

ARLEQUIN, *indifféremment* – Oh! cela se peut bien, chacun a ses affaires: que je ne vous dérange pas!

IPHICRATE – Esclave insolent!

ARLEQUIN, *riant* – Ah! ah! vous parlez la langue d'Athènes; mauvais jargon que je n'entends plus.

IPHICRATE – Méconnais-tu ton maître, et n'es-tu plus mon esclave?

ARLEQUIN, *se reculant d'un air sérieux* – Je l'ai été, je le confesse à ta honte; mais va, je te le pardonne; les hommes ne valent rien. Dans le pays d'Athènes j'étais ton esclave, tu me traitais comme un pauvre animal, et tu disais que cela était juste, parce que tu étais le plus fort. Eh bien! Iphicrate, tu vas trouver ici plus fort que toi; on va te faire esclave à ton tour; on te dira aussi que cela est juste, et nous verrons ce que tu penseras de cette justice-là; tu m'en diras ton sentiment, je t'attends là. Quand tu auras souffert, tu seras plus raisonnable; tu sauras mieux ce qu'il est permis de faire souffrir aux autres. Tout en irait mieux dans le monde, si ceux qui te ressemblent recevaient la même leçon que toi. Adieu, mon ami; je vais trouver mes camarades et tes maîtres. *(Il s'éloigne.)*

IPHICRATE, *au désespoir, courant après lui l'épée à la main* – Juste Ciel! peut-on être plus malheureux et plus outragé que je le suis? Misérable! tu ne mérites pas de vivre.

ARLEQUIN – Doucement, tes forces sont bien diminuées, car je ne t'obéis plus, prends-y garde.

SCÈNE II

Trivelin, *avec cinq ou six insulaires, arrive conduisant une Dame et la suivante, et ils accourent à* Iphicrate *qu'ils voient l'épée à la main*

TRIVELIN, *faisant saisir et désarmer Iphicrate par ses gens* – Arrêtez, que voulez-vous faire ?

IPHICRATE – Punir l'insolence de mon esclave.

TRIVELIN – Votre esclave ? vous vous trompez, et l'on vous apprendra à corriger vos termes. *(Il prend l'épée d'Iphicrate et la donne à Arlequin.)* Prenez cette épée, mon camarade, elle est à vous.

ARLEQUIN – Que le Ciel vous tienne gaillard, brave camarade que vous êtes !

TRIVELIN – Comment vous appelez-vous ?

ARLEQUIN – Est-ce mon nom que vous demandez ?

TRIVELIN – Oui vraiment.

ARLEQUIN – Je n'en ai point, mon camarade.

TRIVELIN – Quoi donc, vous n'en avez pas ?

ARLEQUIN – Non, mon camarade ; je n'ai que des sobriquets qu'il m'a donnés ; il m'appelle quelquefois Arlequin, quelquefois Hé.

TRIVELIN – Hé ! le terme est sans façon ; je reconnais ces Messieurs à de pareilles licences. Et lui, comment s'appelle-t-il ?

ARLEQUIN – Oh, diantre ! il s'appelle par un nom, lui ; c'est le seigneur Iphicrate.

TRIVELIN – Eh bien ! changez de nom à présent ; soyez le seigneur Iphicrate à votre tour ; et vous, Iphicrate, appelez-vous Arlequin ou bien Hé.

ARLEQUIN, *sautant de joie, à son maître* – Oh ! Oh ! que nous allons rire, seigneur Hé !

TRIVELIN, *à Arlequin* – Souvenez-vous en prenant son nom, mon cher ami, qu'on vous le donne bien moins pour réjouir votre vanité que pour le corriger de son orgueil.

ARLEQUIN – Oui, oui, corrigeons, corrigeons !

IPHICRATE, *regardant Arlequin* – Maraud !

ARLEQUIN – Parlez donc, mon bon ami, voilà encore une licence qui lui prend ; cela est-il du jeu ?

TRIVELIN, *à Arlequin* – Dans ce moment-ci, il peut vous dire tout ce qu'il voudra. *(À Iphicrate.)* Arlequin, votre aventure vous afflige, et vous êtes outré contre Iphicrate et contre nous. Ne vous gênez point, soulagez-vous par l'emportement le plus vif; traitez-le de misérable, et nous aussi; tout vous est permis à présent; mais ce moment-ci passé, n'oubliez pas que vous êtes Arlequin, que voici Iphicrate, et que vous êtes auprès de lui ce qu'il était auprès de vous: ce sont là nos lois et ma charge dans la République est de les faire observer en ce canton-ci.

ARLEQUIN – Ah! la belle charge!

IPHICRATE – Moi! esclave de ce misérable!

TRIVELIN – Il a bien été le vôtre.

ARLEQUIN – Hélas! il n'a qu'à être bien obéissant, j'aurai mille bontés pour lui.

IPHICRATE – Vous me donnez la liberté de lui dire ce qu'il me plaira; ce n'est pas assez: qu'on m'accorde encore un bâton.

ARLEQUIN – Camarade, il demande à parler à mon dos, et je le mets sous la protection de la République, au moins.

TRIVELIN – Ne craignez rien.

CLÉANTHIS, *à Trivelin* – Monsieur, je suis esclave aussi, moi, et du même vaisseau; ne m'oubliez pas, s'il vous plaît.

TRIVELIN – Non, ma belle enfant; j'ai bien connu votre condition à votre habit, et j'allais vous parler de ce qui vous regarde, quand je l'ai vu l'épée à la main. Laissez-moi achever ce que j'avais à dire. Arlequin!

ARLEQUIN, *croyant qu'on l'appelle* – Eh!... À propos, je m'appelle Iphicrate.

TRIVELIN, *continuant* – Tâchez de vous calmer; vous savez qui nous sommes, sans doute?

ARLEQUIN – Oh! morbleu! d'aimables gens.

CLÉANTHIS – Et raisonnables.

TRIVELIN – Ne m'interrompez point, mes enfants. Je pense donc que vous savez qui nous sommes. Quand nos pères, irrités de la cruauté de leurs maîtres, quittèrent la Grèce et vinrent s'établir ici, dans le ressentiment des outrages qu'ils avaient reçus de leurs patrons, la première loi qu'ils y firent fut d'ôter la vie à tous les maîtres que le hasard ou le naufrage conduirait dans leur île, et conséquemment de rendre la liberté à tous les esclaves: la vengeance avait dicté cette loi; vingt ans après, la raison l'abolit, et en dicta une plus douce. Nous ne nous vengeons plus de vous, nous vous corrigeons; ce n'est plus votre vie que nous poursuivons, c'est la barbarie de vos cœurs que nous voulons détruire; nous vous jetons dans l'esclavage pour vous rendre sensibles aux maux qu'on y éprouve; nous vous humilions, afin que, nous trouvant superbes, vous vous reprochiez de l'avoir été. Votre esclavage, ou plutôt votre cours d'humanité, dure trois ans, au bout desquels on vous renvoie, si vos maîtres sont contents de vos progrès; et si vous ne devenez pas meilleurs, nous vous retenons par charité pour les nouveaux malheureux que vous iriez faire encore ailleurs, et par bonté pour vous, nous vous marions avec une de nos citoyennes. Ce sont là nos lois à cet égard; mettez à profit leur rigueur salutaire, remerciez le sort qui vous conduit ici, il vous remet en nos mains, durs, injustes et superbes; vous voilà en mauvais état, nous entreprenons de vous guérir; vous êtes moins nos esclaves que nos malades, et nous ne prenons que trois ans pour vous rendre sains, c'est-à-dire humains, raisonnables et généreux pour toute votre vie.

ARLEQUIN – Et le tout *gratis*, sans purgation ni saignée. Peut-on de la santé à meilleur compte ?

TRIVELIN – Au reste, ne cherchez point à vous sauver de ces lieux, vous le tenteriez sans succès, et vous feriez votre fortune plus mauvaise : commencez votre nouveau régime de vie par la patience.

ARLEQUIN – Dès que c'est pour son bien, qu'y a-t-il à dire ?

TRIVELIN, *aux esclaves* – Quant à vous, mes enfants, qui devenez libres et citoyens, Iphicrate habitera cette case avec le nouvel Arlequin, et cette belle fille demeurera dans l'autre; vous aurez soin de changer d'habit ensemble, c'est l'ordre. *(À Arlequin.)* Passez maintenant dans une maison qui est à côté, où l'on vous donnera à manger si vous en avez besoin. Je vous apprends, au reste, que vous avez huit jours à vous réjouir du changement de votre état; après quoi l'on vous donnera, comme à tout le monde, une occupation convenable. Allez, je vous attends ici. *(Aux insulaires.)* Qu'on les conduise. *(Aux femmes.)* Et vous autres, restez.

Arlequin, en s'en allant, fait de grandes révérences à Cléanthis.

SCÈNE III

Trivelin, Cléanthis, *esclave,*
Euphrosine, *sa maîtresse*

TRIVELIN – Ah ça! ma compatriote, car je regarde désormais notre île comme votre patrie, dites-moi aussi votre nom.

CLÉANTHIS, *saluant* – Je m'appelle Cléanthis, et elle, Euphrosine.

TRIVELIN – Cléanthis? passe pour cela.

CLÉANTHIS – J'ai aussi des surnoms; vous plaît-il de les savoir?

TRIVELIN – Oui-da. Et quels sont-ils?

CLÉANTHIS – J'en ai une liste: Sotte, Ridicule, Bête, Butorde, Imbécile, *et cætera.*

EUPHROSINE, *en soupirant* – Impertinente que vous êtes!

CLÉANTHIS – Tenez, tenez, en voilà encore un que j'oubliais.

TRIVELIN – Effectivement, elle vous prend sur le fait. Dans votre pays, Euphrosine, on a bientôt dit des injures à ceux à qui l'on en peut dire impunément.

EUPHROSINE – Hélas! que voulez-vous que je lui réponde, dans l'étrange aventure où je me trouve?

CLÉANTHIS – Oh! dame, il n'est plus si aisé de me répondre. Autrefois il n'y avait rien de si commode; on n'avait affaire qu'à de pauvres gens: fallait-il tant de cérémonies? Faites cela, je le veux, taisez-vous, sotte! Voilà qui était fini. Mais à présent il faut parler raison; c'est un langage étranger pour Madame; elle l'apprendra avec le temps; il faut se donner patience: je ferai de mon mieux pour l'avancer.

TRIVELIN, *à Cléanthis* – Modérez-vous, Euphrosine. *(À Euphrosine.)* Et vous, Cléanthis, ne vous abandonnez point à votre douleur. Je ne puis changer nos lois, ni vous en affranchir: je vous ai montré combien elles étaient louables et salutaires pour vous.

CLÉANTHIS – Hum! Elle me trompera bien si elle amende.

TRIVELIN – Mais comme vous êtes d'un sexe naturellement assez faible, et que par là vous avez dû céder plus facilement qu'un homme aux exemples de hauteur, de mépris et de dureté qu'on vous a donnés chez vous contre leurs pareils, tout ce que je puis faire pour vous, c'est de prier Euphrosine de peser avec bonté les torts que vous avez avec elle, afin de les peser avec justice.

CLÉANTHIS – Oh ! tenez, tout cela est trop savant pour moi, je n'y comprends rien ; j'irai le grand chemin, je pèserai comme elle pesait ; ce qui viendra, nous le prendrons.

TRIVELIN – Doucement, point de vengeance.

CLÉANTHIS – Mais, notre bon ami, au bout du compte, vous parlez de son sexe : elle a le défaut d'être faible, je lui en offre autant ; je n'ai pas la vertu d'être forte. S'il faut que j'excuse toutes ses mauvaises manières à mon égard, il faudra donc qu'elle excuse aussi la rancune que j'en ai contre elle ; car je suis femme autant qu'elle, moi. Voyons, qui est-ce qui décidera ? Ne suis-je pas la maîtresse une fois ? Eh bien, qu'elle commence toujours par excuser ma rancune ; et puis, moi, je lui pardonnerai, quand je pourrai, ce qu'elle m'a fait : qu'elle attende !

EUPHROSINE, *à Trivelin* – Quels discours ! Faut-il que vous m'exposiez à les entendre ?

CLÉANTHIS – Souffrez-les, Madame, c'est le fruit de vos œuvres.

TRIVELIN – Allons, Euphrosine, modérez-vous.

CLÉANTHIS – Que voulez-vous que je vous dise ? quand on a de la colère, il n'y a rien de tel pour la passer, que de la contenter un peu, voyez-vous ; quand je l'aurai querellée à mon aise une douzaine de fois seulement, elle en sera quitte ; mais il me faut cela.

TRIVELIN, *à part*, à *Euphrosine* – Il faut que ceci ait son cours ; mais consolez-vous, cela finira plus tôt que vous ne pensez. *(À Cléanthis.)* J'espère, Euphrosine, que vous perdrez votre ressentiment, et je vous y exhorte en ami. Venons maintenant à l'examen de son caractère : il est nécessaire que vous m'en donniez un portrait, qui se doit faire devant la personne qu'on peint, afin qu'elle se connaisse, qu'elle rougisse de ses ridicules, si elle en a, et qu'elle se corrige. Nous avons là de bonnes intentions, comme vous voyez. Allons, commençons.

CLÉANTHIS – Oh que cela est bien inventé ! Allons, me voilà prête ; interrogez-moi, je suis dans mon fort.

EUPHROSINE, *doucement* – Je vous prie, Monsieur, que je me retire, et que je n'entende point ce qu'elle va dire.

TRIVELIN – Hélas ! ma chère Dame, cela n'est fait que pour vous ; il faut que vous soyez présente.

CLÉANTHIS – Restez, restez ; un peu de honte est bientôt passée.

TRIVELIN – Vaine minaudière et coquette, voilà d'abord à peu près sur quoi je vais vous interroger au hasard. Cela la regarde-t-il?

CLÉANTHIS – Vaine minaudière et coquette, si cela la regarde? Eh voilà ma chère maîtresse; cela lui ressemble comme son visage.

EUPHROSINE – N'en voilà-t-il pas assez, Monsieur?

TRIVELIN – Ah! je vous félicite du petit embarras que cela vous donne; vous sentez, c'est bon signe, et j'en augure bien pour l'avenir: mais ce ne sont encore là que les grands traits; détaillons un peu cela. En quoi donc, par exemple, lui trouvez-vous les défauts dont nous parlons?

CLÉANTHIS – En quoi? partout, à toute heure, en tous lieux; je vous ai dit de m'interroger; mais par où commencer? je n'en sais rien, je m'y perds. Il y a tant de choses, j'en ai tant vu, tant remarqué de toutes les espèces, que cela me brouille. Madame se tait, Madame parle; elle regarde, elle est triste, elle est gaie: silence, discours, regards, tristesse et joie, c'est tout un, il n'y a que la couleur de différente; c'est vanité muette, contente ou fâchée; c'est coquetterie babillarde, jalouse ou curieuse; c'est Madame, toujours vaine ou coquette, l'un après l'autre, ou tous les deux à la fois: voilà ce que c'est, voilà par où je débute, rien que cela.

EUPHROSINE – Je n'y saurais tenir.

TRIVELIN – Attendez donc, ce n'est qu'un début.

CLÉANTHIS – Madame se lève; a-t-elle bien dormi, le sommeil l'a-t-il rendu* belle, se sent-elle du vif, du sémillant dans les yeux? vite sur les armes; la journée sera glorieuse. Qu'on m'habille! Madame verra du monde aujourd'hui, elle ira aux spectacles, aux promenades, aux assemblées; son visage peut se manifester, peut soutenir le grand jour, il fera plaisir à voir, il n'y a qu'à le promener hardiment, il est en état, il n'y a rien à craindre.

TRIVELIN, *à Euphrosine* – Elle développe assez bien cela.

CLÉANTHIS – Madame, au contraire, a-t-elle mal reposé? Ah! qu'on m'apporte un miroir; comme me voilà faite! que je suis mal bâtie! Cependant on se mire, on éprouve son visage de toutes les façons, rien ne réussit; des yeux battus, un teint fatigué; voilà qui est fini, il faut envelopper ce visage-là, nous n'aurons que du

---

* Marivaux néglige l'accord du participe passé avec l'auxiliaire *avoir* quand le participe n'est pas en fin de groupe.

négligé, Madame ne verra personne aujourd'hui, pas même le jour, si elle peut ; du moins fera-t-il sombre dans la chambre. Cependant il vient compagnie, on entre : que va-t-on penser du visage de Madame ? on croira qu'elle enlaidit : donnera-t-elle ce plaisir-là à ses bonnes amies ? Non, il y a remède à tout : vous allez voir. Comment vous portez-vous, Madame ? Très mal, Madame ; j'ai perdu le sommeil ; il y a huit jours que je n'ai fermé l'œil ; je n'ose pas me montrer, je fais peur. Et cela veut dire : Messieurs, figurez-vous que ce n'est point moi, au moins ; ne me regardez pas, remettez à me voir ; ne me jugez pas aujourd'hui ; attendez que j'aie dormi. J'entendais tout cela, moi, car nous autres esclaves, nous sommes doués contre nos maîtres d'une pénétration ! Oh ! ce sont de pauvres gens pour nous.

TRIVELIN, *à Euphrosine* – Courage, Madame ; profitez de cette peinture-là, car elle me paraît fidèle.

EUPHROSINE – Je ne sais où j'en suis.

CLÉANTHIS – Vous en êtes aux deux tiers ; et j'achèverai, pourvu que cela ne vous ennuie pas.

TRIVELIN – Achevez, achevez ; Madame soutiendra bien le reste.

CLÉANTHIS – Vous souvenez-vous d'un soir où vous étiez avec ce cavalier si bien fait ? j'étais dans la chambre ; vous vous entreteniez bas ; mais j'ai l'oreille fine : vous vouliez lui plaire sans faire semblant de rien ; vous parliez d'une femme qu'il voyait souvent. Cette femme-là est aimable, disiez-vous ; elle a les yeux petits, mais très doux ; et là-dessus vous ouvriez les vôtres, vous vous donniez des tons, des gestes de tête, de petites contorsions, des vivacités. Je riais. Vous réussîtes pourtant, le cavalier s'y prit ; il vous offrit son cœur. À moi ? lui dites-vous. Oui, Madame, à vous-même, à tout ce qu'il y a de plus aimable au monde. Continuez, folâtre, continuez, dites-vous, en ôtant vos gants sous prétexte de m'en demander d'autres. Mais vous avez la main belle ; il la vit, il la prit, il la baisa ; cela anima sa déclaration ; et c'était là les gants que vous demandiez. Eh bien ! y suis-je ?

TRIVELIN, *à Euphrosine* – En vérité, elle a raison.

CLÉANTHIS – Écoutez, écoutez, voici le plus plaisant. Un jour qu'elle pouvait m'entendre, et qu'elle croyait que je ne m'en doutais pas, je parlais d'elle, et je dis : Oh ! pour cela il faut l'avouer, Madame est une des plus belles femmes du monde. Que de bontés, pendant huit jours, ce petit mot-là ne me valut-il pas ! J'essayai en pareille occasion de dire que Madame était une femme très raisonnable : oh ! je n'eus rien, cela ne prit point; et c'était bien fait, car je la flattais.

EUPHROSINE – Monsieur, je ne resterai point, ou l'on me fera rester par force ; je ne puis en souffrir davantage.

TRIVELIN – En voilà donc assez pour à présent.

CLÉANTHIS – J'allais parler des vapeurs de mignardise auxquelles Madame est sujette à la moindre odeur. Elle ne sait pas qu'un jour je mis à son insu des fleurs dans la ruelle de son lit pour voir ce qu'il en serait. J'attendais une vapeur, elle est encore à venir. Le lendemain, en compagnie, une rose parut ; crac ! la vapeur arrive.

TRIVELIN – Cela suffit, Euphrosine ; promenez-vous un moment à quelques pas de nous, parce que j'ai quelque chose à lui dire ; elle ira vous rejoindre ensuite.

CLÉANTHIS, *s'en allant* – Recommandez-lui d'être docile au moins. Adieu, notre bon ami ; je vous ai diverti, j'en suis bien aise. Une autre fois je vous dirai comme quoi Madame s'abstient souvent de mettre de beaux habits, pour en mettre un négligé qui lui marque tendrement la taille. C'est encore une finesse que cet habit-là ; on dirait qu'une femme qui le met ne se soucie pas de paraître, mais à d'autres ! on s'y ramasse dans un corset appétissant, on y montre sa bonne façon naturelle ; on y dit aux gens : Regardez mes grâces, elles sont à moi, celles-là ; et d'un autre côté on veut leur dire aussi : Voyez comme je m'habille, quelle simplicité ! il n'y a point de coquetterie dans mon fait.

TRIVELIN – Mais je vous ai prié* de nous laisser.

CLÉANTHIS – Je sors, et tantôt nous reprendrons le discours, qui sera fort divertissant ; car vous verrez aussi comme quoi Madame entre dans une loge au spectacle, avec quelle emphase, avec quel air imposant, quoique d'un air distrait et sans y penser ; car c'est la belle éducation qui donne cet orgueil-là. Vous verrez comme dans la loge on y jette un regard indifférent et dédaigneux sur des femmes qui sont à côté, et qu'on ne connaît pas. Bonjour, notre bon ami, je vais à notre auberge.

---

* Idem p. 21.

SCÈNE IV

Trivelin, Euphrosine

TRIVELIN – Cette scène-ci vous a un peu fatiguée ; mais cela ne vous nuira pas.

EUPHROSINE – Vous êtes des barbares.

TRIVELIN – Nous sommes d'honnêtes gens qui vous instruisons ; voilà tout. Il vous reste encore à satisfaire à une petite formalité.

EUPHROSINE – Encore des formalités !

TRIVELIN – Celle-ci est moins que rien ; je dois faire rapport de tout ce que je viens d'entendre, et de tout ce que vous m'allez répondre. Convenez-vous de tous les sentiments coquets, de toutes les singeries d'amour-propre qu'elle vient de vous attribuer ?

EUPHROSINE – Moi, j'en conviendrais ! Quoi ! de pareilles faussetés sont-elles croyables ?

TRIVELIN – Oh ! très croyables, prenez-y garde. Si vous en convenez, cela contribuera à rendre votre condition meilleure ; je ne vous en dis pas davantage... On espérera que, vous étant reconnue, vous abjurerez un jour toutes ces folies qui font qu'on n'aime que soi, et qui ont distrait votre bon cœur d'une infinité d'attentions plus louables. Si au contraire vous ne convenez pas de ce qu'elle a dit, on vous regardera comme incorrigible, et cela reculera votre délivrance. Voyez, consultez-vous.

EUPHROSINE – Ma délivrance ! Eh ! puis-je l'espérer ?

TRIVELIN – Oui, je vous la garantis aux conditions que je vous dis.

EUPHROSINE – Bientôt ?

TRIVELIN – Sans doute.

EUPHROSINE – Monsieur, faites donc comme si j'étais convenue de tout.

TRIVELIN – Quoi ! vous me conseillez de mentir !

EUPHROSINE – En vérité, voilà d'étranges conditions ! cela révolte !

TRIVELIN – Elles humilient un peu ; mais cela est fort bon. Déterminez-vous ; une liberté très prochaine est le prix de la vérité. Allons, ne ressemblez-vous pas au portrait qu'on a fait ?

EUPHROSINE – Mais...

TRIVELIN – Quoi ?

EUPHROSINE – Il y a du vrai, par-ci, par-là.

TRIVELIN – Par-ci, par-là, n'est point votre compte ; avouez-vous tous les faits ? En a-t-elle trop dit ? n'a-t-elle dit que ce qu'il faut ? Hâtez-vous, j'ai autre chose à faire.

EUPHROSINE – Vous faut-il une réponse si exacte ?

TRIVELIN – Eh oui, Madame, et le tout pour votre bien.

EUPHROSINE – Eh bien…

TRIVELIN – Après ?

EUPHROSINE – Je suis jeune…

TRIVELIN – Je ne vous demande pas votre âge.

EUPHROSINE – On est d'un certain rang, on aime à plaire.

TRIVELIN – Et c'est ce qui fait que le portrait vous ressemble.

EUPHROSINE – Je crois qu'oui.

TRIVELIN – Eh ! voilà ce qu'il nous fallait. Vous trouvez aussi le portrait un peu risible, n'est-ce pas ?

EUPHROSINE – Il faut bien l'avouer.

TRIVELIN – À merveille ! Je suis content, ma chère Dame. Allez rejoindre Cléanthis ; je lui rends déjà son véritable nom, pour vous donner encore des gages de ma parole. Ne vous impatientez point ; montrez un peu de docilité, et le moment espéré arrivera.

EUPHROSINE – Je m'en fie à vous.

SCÈNE V

Arlequin, Iphicrate, *qui ont changé d'habit,* Trivelin

ARLEQUIN – Tirlan, tirlan, tirlantaine ! tirlanton ! Gai, camarade ! le vin de la République est merveilleux. J'en ai bu bravement ma pinte, car je suis si altéré depuis que je suis maître, tantôt j'aurai encore soif pour pinte. Que le Ciel conserve la vigne, le vigneron, la vendange et les caves de notre admirable République !

TRIVELIN – Bon ! réjouissez-vous, mon camarade. Êtes-vous content d'Arlequin ?

ARLEQUIN – Oui, c'est un bon enfant ; j'en ferai quelque chose. Il soupire parfois, et je lui ai défendu cela, sous peine de désobéissance, et je lui ordonne de la joie. *(Il prend son maître par la main et danse.)* Tala rara la la…

TRIVELIN – Vous me réjouissez moi-même.

ARLEQUIN – Oh! quand je suis gai, je suis de bonne humeur.

TRIVELIN – Fort bien. Je suis charmé de vous voir satisfait d'Arlequin. Vous n'aviez pas beaucoup à vous plaindre de lui dans son pays apparemment?

ARLEQUIN – Hé! là-bas? Je lui voulais souvent un mal de diable; car il était quelquefois insupportable; mais à cette heure que je suis heureux, tout est payé; je lui ai donné quittance.

TRIVELIN – Je vous aime de ce caractère, et vous me touchez. C'est-à-dire que vous jouirez modestement de votre bonne fortune, et que vous ne lui ferez point de peine?

ARLEQUIN – De la peine! Ah! le pauvre homme! Peut-être que je serai un petit brin insolent, à cause que je suis le maître: voilà tout.

TRIVELIN – À cause que je suis le maître; vous avez raison.

ARLEQUIN – Oui, car quand on est le maître, on y va tout rondement, sans façon, et si peu de façon mène quelquefois un honnête homme à des impertinences.

TRIVELIN – Oh! n'importe; je vois bien que vous n'êtes point méchant.

ARLEQUIN – Hélas! je ne suis que mutin.

TRIVELIN, *à Iphicrate* – Ne vous épouvantez point de ce que je vais dire. *(À Arlequin.)* Instruisez-moi d'une chose. Comment se gouvernait-il là-bas, avait-il quelque défaut d'humeur, de caractère?

ARLEQUIN, *riant* – Ah! mon camarade, vous avez de la malice; vous demandez la comédie.

TRIVELIN – Ce caractère-là est donc bien plaisant?

ARLEQUIN – Ma foi, c'est une farce.

TRIVELIN – N'importe, nous en rirons.

ARLEQUIN, *à Iphicrate* – Arlequin, me promets-tu d'en rire aussi?

IPHICRATE, *bas* – Veux-tu achever de me désespérer? que vas-tu lui dire?

ARLEQUIN – Laisse-moi faire; quand je t'aurai offensé, je te demanderai pardon après.

TRIVELIN – Il ne s'agit que d'une bagatelle; j'en ai demandé autant à la jeune fille que vous avez vue, sur le chapitre de sa maîtresse.

ARLEQUIN – Eh bien, tout ce qu'elle vous a dit, c'était des folies qui faisaient pitié, des misères, gageons?

TRIVELIN – Cela est encore vrai.

ARLEQUIN – Eh bien, je vous en offre autant; ce pauvre jeune garçon n'en fournira pas davantage; extravagance et misère, voilà son paquet; n'est-ce pas là de belles guenilles pour les étaler? Étourdi par nature, étourdi par singerie, parce que les femmes les aiment comme cela, un dissipe-tout; vilain quand il faut être libéral, libéral quand il faut être vilain; bon emprunteur, mauvais payeur; honteux d'être sage, glorieux d'être fou; un petit brin moqueur des bonnes gens; un petit brin hâbleur; avec tout plein de maîtresses qu'il ne connaît pas; voilà mon homme. Est-ce la peine d'en tirer le portrait? *(À Iphicrate.)* Non, je n'en ferai rien, mon ami, ne crains rien.

TRIVELIN – Cette ébauche me suffit. *(À Iphicrate.)* Vous n'avez plus maintenant qu'à certifier pour véritable ce qu'il vient de dire.

IPHICRATE – Moi?

TRIVELIN – Vous-même; la dame de tantôt en a fait autant; elle vous dira ce qui l'y a déterminée. Croyez-moi, il y va du plus grand bien que vous puissiez souhaiter.

IPHICRATE – Du plus grand bien? Si cela est, il y a là quelque chose qui pourrait assez me convenir d'une certaine façon.

ARLEQUIN – Prends tout; c'est un habit fait sur ta taille.

TRIVELIN – Il me faut tout ou rien.

IPHICRATE – Voulez-vous que je m'avoue un ridicule?

ARLEQUIN – Qu'importe, quand on l'a été?

TRIVELIN – N'avez-vous que cela à me dire?

IPHICRATE – Va donc pour la moitié, pour me tirer d'affaire.

TRIVELIN – Va du tout.

IPHICRATE – Soit.

Arlequin rit de toute sa force.

TRIVELIN – Vous avez fort bien fait, vous n'y perdrez rien. Adieu, vous saurez bientôt de mes nouvelles.

SCÈNE VI

Cléanthis, Iphicrate, Arlequin, Euphrosine

CLÉANTHIS – Seigneur Iphicrate, peut-on vous demander de quoi vous riez ?

ARLEQUIN – Je ris de mon Arlequin qui a confessé qu'il était un ridicule.

CLÉANTHIS – Cela me surprend, car il a la mine d'un homme raisonnable. Si vous voulez voir une coquette de son propre aveu, regardez ma suivante.

ARLEQUIN, *la regardant* – Malepeste ! quand ce visage-là fait le fripon, c'est bien son métier. Mais parlons d'autres choses, ma belle damoiselle, qu'est-ce que nous ferons à cette heure que nous sommes gaillards ?

CLÉANTHIS – Eh ! mais la belle conversation.

ARLEQUIN – Je crains que cela ne vous fasse bâiller, j'en bâille déjà. Si je devenais amoureux de vous, cela amuserait davantage.

CLÉANTHIS – Eh bien, faites. Soupirez pour moi ; poursuivez mon cœur, prenez-le si vous pouvez, je ne vous en empêche pas ; c'est à vous à faire vos diligences ; me voilà, je vous attends ; mais traitons l'amour à la grande manière, puisque nous sommes devenus maîtres ; allons-y poliment, et comme le grand monde.

ARLEQUIN – Oui-da ; nous n'en irons que meilleur train.

CLÉANTHIS – Je suis d'avis d'une chose, que nous disions qu'on nous apporte des sièges pour prendre l'air assis, et pour écouter les discours galants que vous m'allez tenir ; il faut bien jouir de notre état, en goûter le plaisir.

ARLEQUIN – Votre volonté vaut une ordonnance. *(À Iphicrate.)* Arlequin, vite des sièges pour moi, et des fauteuils pour Madame.

IPHICRATE – Peux-tu m'employer à cela ?

ARLEQUIN – La République le veut.

CLÉANTHIS – Tenez, tenez, promenons-nous plutôt de cette manière-là, et tout en conversant vous ferez adroitement tomber l'entretien sur le penchant que mes yeux vous ont inspiré pour moi. Car encore une fois nous sommes d'honnêtes gens à cette heure, il faut songer à cela ; il n'est plus question de familiarité domestique. Allons, procédons noblement ; n'épargnez ni compliments ni révérences.

ARLEQUIN – Et vous, n'épargnez point les mines. Courage ! quand ce ne serait que pour nous moquer de nos patrons. Garderons-nous nos gens ?

CLÉANTHIS – Sans difficulté ; pouvons-nous être sans eux ? c'est notre suite ; qu'ils s'éloignent seulement.

ARLEQUIN, *à Iphicrate* – Qu'on se retire à dix pas.

Iphicrate et Euphrosine s'éloignent en faisant des gestes d'étonnement et de douleur. Cléanthis regarde aller Iphicrate, et Arlequin, Euphrosine.

ARLEQUIN, *se promenant sur le théâtre avec Cléanthis* – Remarquez-vous, Madame, la clarté du jour ?

CLÉANTHIS – Il fait le plus beau temps du monde ; on appelle cela un jour tendre.

ARLEQUIN – Un jour tendre ? Je ressemble donc au jour, Madame.

CLÉANTHIS – Comment, vous lui ressemblez ?

ARLEQUIN – Eh palsambleu ! le moyen de n'être pas tendre, quand on se trouve tête à tête avec vos grâces ? *(À ce mot il saute de joie.)* Oh ! oh ! oh ! oh !

CLÉANTHIS – Qu'avez-vous donc, vous défigurez notre conversation ?

ARLEQUIN – Oh ! ce n'est rien ; c'est que je m'applaudis.

CLÉANTHIS – Rayez ces applaudissements, ils nous dérangent. *(Continuant.)* Je savais bien que mes grâces entreraient pour quelque chose ici. Monsieur, vous êtes galant, vous vous promenez avec moi, vous me dites des douceurs ; mais finissons, en voilà assez, je vous dispense des compliments.

ARLEQUIN – Et moi, je vous remercie de vos dispenses.

CLÉANTHIS – Vous m'allez dire que vous m'aimez, je le vois bien ; dites, Monsieur, dites ; heureusement on n'en croira rien. Vous êtes aimable, mais coquet, et vous ne persuaderez pas.

ARLEQUIN, *l'arrêtant par le bras, et se mettant à genoux* – Faut-il m'agenouiller, Madame, pour vous convaincre de mes flammes, et de la sincérité de mes feux ?

CLÉANTHIS – Mais ceci devient sérieux. Laissez-moi, je ne veux point d'affaire ; levez-vous. Quelle vivacité ! Faut-il vous dire qu'on vous aime ? Ne peut-on en être quitte à moins ? Cela est étrange !

ARLEQUIN, *riant à genoux* – Ah ! ah ! ah ! que cela va bien ! Nous sommes aussi bouffons que nos patrons, mais nous sommes plus sages.

CLÉANTHIS – Oh ! vous riez, vous gâtez tout.

ARLEQUIN – Ah ! ah ! par ma foi, vous êtes bien aimable et moi aussi. Savez-vous bien ce que je pense ?

CLÉANTHIS – Quoi ?

ARLEQUIN – Premièrement, vous ne m'aimez pas, sinon par coquetterie, comme le grand monde.

CLÉANTHIS – Pas encore, mais il ne s'en fallait plus que d'un mot, quand vous m'avez interrompue. Et vous, m'aimez-vous ?

ARLEQUIN – J'y allais aussi, quand il m'est venu une pensée. Comment trouvez-vous mon Arlequin ?

CLÉANTHIS – Fort à mon gré. Mais que dites-vous de ma suivante ?

ARLEQUIN – Qu'elle est friponne !

CLÉANTHIS – J'entrevois votre pensée.

ARLEQUIN – Voilà ce que c'est, tombez amoureuse d'Arlequin, et moi de votre suivante. Nous sommes assez forts pour soutenir cela.

CLÉANTHIS – Cette imagination-là me rit assez. Ils ne sauraient mieux faire que de nous aimer, dans le fond.

ARLEQUIN – Ils n'ont jamais rien aimé de si raisonnable, et nous sommes d'excellents partis pour eux.

CLÉANTHIS – Soit. Inspirez à Arlequin de s'attacher à moi ; faites-lui sentir l'avantage qu'il y trouvera dans la situation où il est ; qu'il m'épouse, il sortira tout d'un coup d'esclavage ; cela est bien aisé, au bout du compte. Je n'étais ces jours passés qu'une esclave ; mais enfin me voilà dame et maîtresse d'aussi bon jeu qu'une autre ; je la suis par hasard ; n'est-ce pas le hasard qui fait tout ? Qu'y a-t-il à dire à cela ? J'ai même un visage de condition ; tout le monde me l'a dit.

ARLEQUIN – Pardi ! je vous prendrais bien, moi, si je n'aimais pas votre suivante un petit brin plus que vous. Conseillez-lui aussi de l'amour pour ma petite personne, qui, comme vous voyez, n'est pas désagréable.

CLÉANTHIS – Vous allez être content ; je vais appeler Cléanthis, je n'ai qu'un mot à lui dire : éloignez-vous un instant, et revenez.

Vous parlerez ensuite à Arlequin pour moi; car il faut qu'il commence; mon sexe, la bienséance et ma dignité le veulent.

ARLEQUIN – Oh! ils le veulent, si vous voulez; car dans le grand monde on n'est pas si façonnier; et sans faire semblant de rien, vous pourriez lui jeter quelque petit mot bien clair à l'aventure pour lui donner courage, à cause que vous êtes plus que lui, c'est l'ordre.

CLÉANTHIS – C'est assez bien raisonner. Effectivement, dans le cas où je suis, il pourrait y avoir de la petitesse à m'assujettir à de certaines formalités qui ne me regardent plus; je comprends cela à merveille; mais parlez-lui toujours, je vais dire un mot à Cléanthis; tirez-vous à quartier pour un moment.

ARLEQUIN – Vantez mon mérite; prêtez-m'en un peu, à charge de revanche.

CLÉANTHIS – Laissez-moi faire. *(Elle appelle Euphrosine.)* Cléanthis!

SCÈNE VII

Cléanthis *et* Euphrosine, *qui vient doucement*

CLÉANTHIS – Approchez, et accoutumez-vous à aller plus vite, car je ne saurais attendre.

EUPHROSINE – De quoi s'agit-il?

CLÉANTHIS – Venez çà, écoutez-moi. Un honnête homme vient de me témoigner qu'il vous aime; c'est Iphicrate.

EUPHROSINE – Lequel?

CLÉANTHIS – Lequel? Y en a-t-il deux ici? c'est celui qui vient de me quitter.

EUPHROSINE – Eh que veut-il que je fasse de son amour?

CLÉANTHIS – Eh qu'avez-vous fait de l'amour de ceux qui vous aimaient? vous voilà bien étourdie! est-ce le mot d'amour qui vous effarouche? Vous le connaissez tant cet amour! vous n'avez jusqu'ici regardé les gens que pour leur en donner; vos beaux yeux n'ont fait que cela; dédaignent-ils la conquête du seigneur Iphicrate? Il ne vous fera pas de révérences penchées; vous ne lui trouverez point de contenance ridicule, d'airs évaporés; ce n'est point une tête légère, un petit badin, un petit perfide, un joli volage, un aimable indiscret; ce n'est point tout cela; ces grâces-là lui manquent à la vérité; ce n'est qu'un homme franc, qu'un homme simple dans ses manières, qui n'a pas l'esprit de se donner des airs; qui vous dira qu'il vous aime, seulement parce que cela sera vrai; enfin ce n'est qu'un bon cœur, voilà tout; et cela est fâcheux, cela ne pique point. Mais vous avez l'esprit raisonnable; je vous destine à lui, il fera votre fortune ici, et vous aurez la bonté d'estimer son amour, et vous y serez sensible, entendez-vous? Vous vous conformerez à mes intentions, je l'espère; imaginez-vous même que je le veux.

EUPHROSINE – Où suis-je! et quand cela finira-t-il?

Elle rêve.

SCÈNE VIII

Arlequin, Euphrosine

Arlequin arrive en saluant Cléanthis qui sort.
Il va tirer Euphrosine par la manche.

EUPHROSINE – Que me voulez-vous?

ARLEQUIN, *riant* – Eh! eh! eh! ne vous a-t-on pas parlé de moi?

EUPHROSINE – Laissez-moi, je vous prie.

ARLEQUIN – Eh! là, là, regardez-moi dans l'œil pour deviner ma pensée.

EUPHROSINE – Eh! pensez ce qu'il vous plaira.

ARLEQUIN – M'entendez-vous un peu?

EUPHROSINE – Non.

ARLEQUIN – C'est que je n'ai encore rien dit.

EUPHROSINE, *impatiente* – Ah!

ARLEQUIN – Ne mentez point; on vous a communiqué les sentiments de mon âme; rien n'est plus obligeant pour vous.

EUPHROSINE – Quel état!

ARLEQUIN – Vous me trouvez un peu nigaud, n'est-il pas vrai? Mais cela se passera; c'est que je vous aime, et que je ne sais comment vous le dire.

EUPHROSINE – Vous ?

ARLEQUIN – Eh pardi ! oui ; qu'est-ce qu'on peut faire de mieux ? Vous êtes si belle ! il faut bien vous donner son cœur, aussi bien vous le prendriez de vous-même.

EUPHROSINE – Voici le comble de mon infortune.

ARLEQUIN, *lui regardant les mains* – Quelles mains ravissantes ! les jolis petits doigts ! que je serais heureux avec cela ! mon petit cœur en ferait bien son profit. Reine, je suis bien tendre, mais vous ne voyez rien. Si vous aviez la charité d'être tendre aussi, oh ! je deviendrais fou tout à fait.

EUPHROSINE – Tu ne l'es déjà que trop.

ARLEQUIN – Je ne le serai jamais tant que vous en êtes digne.

EUPHROSINE – Je ne suis digne que de pitié, mon enfant.

ARLEQUIN – Bon, bon ! à qui est-ce que vous contez cela ? vous êtes digne de toutes les dignités imaginables ; un empereur ne vous vaut pas, ni moi non plus ; mais me voilà, moi, et un empereur n'y est pas ; et un rien qu'on voit vaut mieux que quelque chose qu'on ne voit pas. Qu'en dites-vous ?

EUPHROSINE – Arlequin, il me semble que tu n'as point le cœur mauvais.

ARLEQUIN – Oh ! il ne s'en fait plus de cette pâte-là ; je suis un mouton.

EUPHROSINE – Respecte donc le malheur que j'éprouve.

ARLEQUIN – Hélas ! je me mettrais à genoux devant lui.

EUPHROSINE – Ne persécute point une infortunée, parce que tu peux la persécuter impunément. Vois l'extrémité où je suis réduite ; et si tu n'as point d'égard au rang que je tenais dans le monde, à ma naissance, à mon éducation, du moins que mes disgrâces, que mon esclavage, que ma douleur t'attendrissent. Tu peux ici m'outrager autant que tu le voudras ; je suis sans asile et sans défense, je n'ai que mon désespoir pour tout secours, j'ai besoin de la compassion de tout le monde, de la tienne même, Arlequin ; voilà l'état où je suis ; ne le trouves-tu pas assez misérable ? Tu es devenu libre et heureux, cela doit-il te rendre méchant ? Je n'ai pas la force de t'en dire davantage : je ne t'ai jamais fait de mal ; n'ajoute rien à celui que je souffre.

ARLEQUIN, *abattu et les bras abaissés ; et comme immobile* – J'ai perdu la parole.

SCÈNE IX

Iphicrate, Arlequin

IPHICRATE – Cléanthis m'a dit que tu voulais t'entretenir avec moi; que me veux-tu? as-tu encore quelques nouvelles insultes à me faire?

ARLEQUIN – Autre personnage qui va me demander encore ma compassion. Je n'ai rien à te dire, mon ami, sinon que je voulais te faire commandement d'aimer la nouvelle Euphrosine; voilà tout. À qui diantre en as-tu?

IPHICRATE – Peux-tu me le demander, Arlequin?

ARLEQUIN – Eh! pardi, oui, je le peux, puisque je le fais.

IPHICRATE – On m'avait promis que mon esclavage finirait bientôt, mais on me trompe, et c'en est fait, je succombe; je me meurs, Arlequin, et tu perdras bientôt ce malheureux maître qui ne te croyait pas capable des indignités qu'il a souffertes de toi.

ARLEQUIN – Ah! il ne nous manquait plus que cela, et nos amours auront bonne mine. Écoute, je te défends de mourir par malice; par maladie, passe, je te le permets.

IPHICRATE – Les dieux te puniront, Arlequin.

ARLEQUIN – Eh! de quoi veux-tu qu'ils me punissent? d'avoir eu du mal toute ma vie?

IPHICRATE – De ton audace et de tes mépris envers ton maître; rien ne m'a été si sensible, je l'avoue. Tu es né, tu as été élevé avec moi dans la maison de mon père; le tien y est encore; il t'avait recommandé ton devoir en partant; moi-même je t'avais choisi par un sentiment d'amitié pour m'accompagner dans mon voyage; je croyais que tu m'aimais, et cela m'attachait à toi.

ARLEQUIN, *pleurant* – Et qui est-ce qui te dit que je ne t'aime plus?

IPHICRATE – Tu m'aimes, et tu me fais mille injures?

ARLEQUIN – Parce que je me moque un petit brin de toi, cela empêche-t-il que je ne t'aime? Tu disais bien que tu m'aimais, toi, quand tu me faisais battre; est-ce que les étrivières sont plus honnêtes que les moqueries?

IPHICRATE – Je conviens que j'ai pu quelquefois te maltraiter sans trop de sujet.

ARLEQUIN – C'est la vérité.

IPHICRATE – Mais par combien de bontés n'ai-je pas réparé cela!

ARLEQUIN – Cela n'est pas de ma connaissance.

IPHICRATE – D'ailleurs, ne fallait-il pas te corriger de tes défauts ?

ARLEQUIN – J'ai plus pâti des tiens que des miens; mes plus grands défauts, c'était ta mauvaise humeur, ton autorité, et le peu de cas que tu faisais de ton pauvre esclave.

IPHICRATE – Va, tu n'es qu'un ingrat; au lieu de me secourir ici, de partager mon affliction, de montrer à tes camarades l'exemple d'un attachement qui les eût touchés, qui les eût engagés peut-être à renoncer à leur coutume ou à m'en affranchir, et qui m'eût pénétré moi-même de la plus vive reconnaissance !

ARLEQUIN – Tu as raison, mon ami; tu me remontres bien mon devoir ici pour toi; mais tu n'as jamais su le tien pour moi, quand nous étions dans Athènes. Tu veux que je partage ton affliction, et jamais tu n'as partagé la mienne. Eh bien va, je dois avoir le cœur meilleur que toi; car il y a plus longtemps que je souffre, et que je sais ce que c'est que de la peine. Tu m'as battu par amitié : puisque tu le dis, je te le pardonne; je t'ai raillé par bonne humeur, prends-le en bonne part, et fais-en ton profit. Je parlerai en ta faveur à mes camarades, je les prierai de te renvoyer, et s'ils ne le veulent pas, je te garderai comme mon ami; car je ne te ressemble pas, moi; je n'aurais point le courage d'être heureux à tes dépens.

IPHICRATE, *s'approchant d'Arlequin* – Mon cher Arlequin, fasse le Ciel, après ce que je viens d'entendre, que j'aie la joie de te montrer un jour les sentiments que tu me donnes pour toi ! Va, mon cher enfant, oublie que tu fus mon esclave, et je me ressouviendrai toujours que je ne méritais pas d'être ton maître.

ARLEQUIN – Ne dites donc point comme cela, mon cher patron : si j'avais été votre pareil, je n'aurais peut-être pas mieux valu que vous. C'est à moi à vous demander pardon du mauvais service que je vous ai toujours rendu. Quand vous n'étiez pas raisonnable, c'était ma faute.

IPHICRATE, *l'embrassant* – Ta générosité me couvre de confusion.

ARLEQUIN – Mon pauvre patron, qu'il y a de plaisir à bien faire ! *(Après quoi, il déshabille son maître.)*

IPHICRATE – Que fais-tu, mon cher ami ?

ARLEQUIN – Rendez-moi mon habit, et reprenez le vôtre; je ne suis pas digne de le porter.

IPHICRATE – Je ne saurais retenir mes larmes. Fais ce que tu voudras.

SCÈNE X

Cléanthis, Euphrosine, Iphicrate, Arlequin

CLÉANTHIS, *en entrant avec Euphrosine qui pleure* – Laissez-moi, je n'ai que faire de vous entendre gémir. *(Et plus près d'Arlequin.)* Qu'est-ce que cela signifie, seigneur Iphicrate ? Pourquoi avez-vous repris votre habit ?

ARLEQUIN, *tendrement* – C'est qu'il est trop petit pour mon cher ami, et que le sien est trop grand pour moi. *(Il embrasse les genoux de son maître.)*

CLÉANTHIS – Expliquez-moi donc ce que je vois ; il semble que vous lui demandiez pardon ?

ARLEQUIN – C'est pour me châtier de mes insolences.

CLÉANTHIS – Mais enfin, notre projet ?

ARLEQUIN – Mais enfin, je veux être un homme de bien ; n'est-ce pas là un beau projet ? Je me repens de mes sottises, lui des siennes ; repentez-vous des vôtres, Madame Euphrosine se repentira aussi ; et vive l'honneur après ! cela fera quatre beaux repentirs, qui nous feront pleurer tant que nous voudrons.

EUPHROSINE – Ah ! ma chère Cléanthis, quel exemple pour vous !

IPHICRATE – Dites plutôt : quel exemple pour nous, Madame, vous m'en voyez pénétré.

CLÉANTHIS – Ah ! vraiment, nous y voilà, avec vos beaux exemples. Voilà de nos gens qui nous méprisent dans le monde, qui font les fiers, qui nous maltraitent, qui nous regardent comme des vers de terre, et puis, qui sont trop heureux dans l'occasion de nous trouver cent fois plus honnêtes gens qu'eux. Fi ! que cela est vilain, de n'avoir eu pour tout mérite que de l'or, de l'argent et des dignités ! C'était bien la peine de faire tant les glorieux ! Où en seriez-vous aujourd'hui, si nous n'avions pas d'autre mérite que cela pour vous ? Voyons, ne seriez-vous pas bien attrapés ? Il s'agit de vous pardonner, et pour avoir cette bonté-là, que faut-il être, s'il vous plaît ? Riche ? non ; noble ? non ; grand seigneur ? point du tout. Vous étiez tout cela ; en valiez-vous mieux ? Et que faut-il donc ? Ah ! nous y voici. Il faut avoir le cœur bon, de la vertu et de la raison ; voilà ce qu'il faut, voilà ce qui est estimable, ce qui distingue, ce qui fait qu'un homme est plus qu'un autre. Entendez-vous, Messieurs les honnêtes gens du monde? Voilà avec quoi l'on donne les beaux exemples que vous demandez, et qui vous passent: Et à qui les demandez-vous? À de pauvres gens que vous avez toujours offensés, maltraités, accablés, tout riches que vous êtes, et qui ont aujourd'hui pitié de vous, tout pauvres qu'ils sont. Estimez-vous à cette heure, faites les superbes, vous aurez bonne grâce! Allez, vous devriez rougir de honte.

ARLEQUIN – Allons, ma mie, soyons bonnes gens sans le reprocher, faisons du bien sans dire d'injures. Ils sont contrits d'avoir été méchants, cela fait qu'ils nous valent bien; car quand on se repent, on est bon; et quand on est bon, on est aussi avancé que nous. Approchez, Madame Euphrosine; elle vous pardonne; voici qu'elle pleure; la rancune s'en va, et votre affaire est faite.

CLÉANTHIS – Il est vrai que je pleure, ce n'est pas le bon cœur qui me manque.

EUPHROSINE, *tristement* – Ma chère Cléanthis, j'ai abusé de l'autorité que j'avais sur toi, je l'avoue.

CLÉANTHIS – Hélas! comment en aviez-vous le courage? Mais voilà qui est fait, je veux bien oublier tout; faites comme vous voudrez. Si vous m'avez fait souffrir, tant pis pour vous; je ne veux pas avoir à me reprocher la même chose, je vous rends la liberté; et s'il y avait un vaisseau, je partirais tout à l'heure avec vous: voilà tout le mal que je vous veux; si vous m'en faites encore, ce ne sera pas ma faute.

ARLEQUIN, *pleurant* – Ah! la brave fille! ah! le charitable naturel!

IPHICRATE – Êtes-vous contente, Madame?

EUPHROSINE, *avec attendrissement* – Viens que je t'embrasse, ma chère Cléanthis.

ARLEQUIN, *à Cléanthis* – Mettez-vous à genoux pour être encore meilleure qu'elle.

EUPHROSINE – La reconnaissance me laisse à peine la force de te répondre. Ne parle plus de ton esclavage, et ne songe plus désormais qu'à partager avec moi tous les biens que les dieux m'ont donné*, si nous retournons à Athènes.

* Idem p. 21.

SCÈNE DERNIÈRE

Trivelin *et les acteurs précédents*

TRIVELIN – Que vois-je? vous pleurez, mes enfants, vous vous embrassez!

ARLEQUIN – Ah! vous ne voyez rien, nous sommes admirables; nous sommes des rois et des reines. En fin finale, la paix est conclue, la vertu a arrangé tout cela; il ne nous faut plus qu'un bateau et un batelier pour nous en aller: et si vous nous les donnez, vous serez presque aussi honnêtes gens que nous.

TRIVELIN – Et vous, Cléanthis, êtes-vous du même sentiment?

CLÉANTHIS, *baisant la main de sa maîtresse* – Je n'ai que faire de vous en dire davantage, vous voyez ce qu'il en est.

ARLEQUIN, *prenant aussi la main de son maître pour la baiser* – Voilà aussi mon dernier mot, qui vaut bien des paroles.

TRIVELIN – Vous me charmez. Embrassez-moi aussi, mes chers enfants; c'est là ce que j'attendais. Si cela n'était pas arrivé, nous aurions puni vos vengeances, comme nous avons puni leurs duretés. Et vous, Iphicrate, vous, Euphrosine, je vous vois attendris; je n'ai rien à ajouter aux leçons que vous donne cette aventure. Vous avez été leurs maîtres, et vous en avez mal agi; ils sont devenus les vôtres et ils vous pardonnent; faites vos réflexions là-dessus. La différence des conditions n'est qu'une épreuve que les dieux font sur nous: je ne vous en dis pas davantage. Vous partirez dans deux jours, et vous reverrez Athènes. Que la joie à présent, et que les plaisirs succèdent aux chagrins que vous avez sentis, et célèbrent le jour de votre vie le plus profitable.

LA DISPUTE

Comédie en un acte et en prose
représentée pour la première fois
par les Comédiens-Français
le 19 octobre 1744

ACTEURS

HERMIANE
LE PRINCE
MESROU
CARISE
ÉGLÉ
AZOR
ADINE
MESRIN
MESLIS
DINA
La suite du Prince

La scène est à la campagne

SCÈNE I

Le Prince, Hermiane, Carise, Mesrou

HERMIANE – Où allons-nous, Seigneur? Voici le lieu du monde le plus sauvage et le plus solitaire, et rien n'y annonce la fête que vous m'avez promise.

LE PRINCE, *riant* – Tout y est prêt.

HERMIANE – Je n'y comprends rien; qu'est-ce que c'est que cette maison où vous me faites entrer, et qui forme un édifice si singulier? Que signifie la hauteur prodigieuse des différents murs qui l'environnent: où me menez-vous?

LE PRINCE – À un spectacle très curieux; vous savez la question que nous agitâmes hier au soir. Vous souteniez contre toute ma cour que ce n'était pas votre sexe, mais le nôtre, qui avait le premier donné l'exemple de l'inconstance et de l'infidélité en amour.

HERMIANE – Oui, Seigneur, je le soutiens encore. La première inconstance, ou la première infidélité, n'a pu commencer que par quelqu'un d'assez hardi pour ne rougir de rien. Oh! comment veut-on que les femmes, avec la pudeur et la timidité naturelle qu'elles avaient, et qu'elles ont encore depuis que le monde et sa corruption durent, comment veut-on qu'elles soient tombées les premières dans des vices de cœur qui demandent autant d'audace, autant de libertinage de sentiment, autant d'effronterie que ceux dont nous parlons? Cela n'est pas croyable.

LE PRINCE – Eh! sans doute, Hermiane, je n'y trouve pas plus d'apparence que vous, ce n'est pas moi qu'il faut combattre là-dessus, je suis de votre sentiment contre tout le monde, vous le savez.

HERMIANE – Oui, vous en êtes par pure galanterie, je l'ai bien remarqué.

LE PRINCE – Si c'est par galanterie, je ne m'en doute pas. Il est vrai que je vous aime, et que mon extrême envie de vous plaire peut fort bien me persuader que vous avez raison, mais ce qui est de certain, c'est qu'elle me le persuade si finement que je ne m'en aperçois pas.

Je n'estime point le cœur des hommes, et je vous l'abandonne; je le crois sans comparaison plus sujet à l'inconstance et à l'infidélité que celui des femmes; je n'en excepte que le mien, à qui même je ne ferais pas cet honneur-là si j'en aimais une autre que vous.

HERMIANE – Ce discours-là sent bien l'ironie.

LE PRINCE – J'en serai donc bientôt puni; car je vais vous donner de quoi me confondre, si je ne pense pas comme vous.

HERMIANE – Que voulez-vous dire?

LE PRINCE – Oui, c'est la nature elle-même que nous allons interroger, il n'y a qu'elle qui puisse décider la question sans réplique, et sûrement elle prononcera en votre faveur.

HERMIANE – Expliquez-vous, je ne vous entends point.

LE PRINCE – Pour bien savoir si la première inconstance ou la première infidélité est venue d'un homme, comme vous le prétendez, et moi aussi, il faudrait avoir assisté au commencement du monde et de la société.

HERMIANE – Sans doute, mais nous n'y étions pas.

LE PRINCE – Nous allons y être; oui, les hommes et les femmes de ce temps-là, le monde et ses premières amours vont reparaître à nos yeux tels qu'ils étaient, ou du moins tels qu'ils ont dû être; ce ne seront peut-être pas les mêmes aventures, mais ce seront les mêmes caractères; vous allez voir le même état de cœur, des âmes tout aussi neuves que les premières, encore plus neuves s'il est possible. (*À Carise et à Mesrou.*) Carise, et vous, Mesrou, partez, et quand il sera temps que nous nous retirions, faites le signal dont nous sommes convenus. (*À sa suite.*)

Et vous, qu'on nous laisse.

SCÈNE II

Hermiane, le Prince

HERMIANE – Vous excitez ma curiosité, je l'avoue.

LE PRINCE – Voici le fait: il y a dix-huit ou dix-neuf ans que la dispute d'aujourd'hui s'éleva à la cour de mon père, s'échauffa beaucoup et dura très longtemps. Mon père, naturellement assez philosophe, et qui n'était pas de votre sentiment, résolut de savoir à quoi s'en tenir, par une épreuve qui ne laissât rien à désirer. Quatre enfants au berceau, deux de votre sexe et deux du nôtre, furent portés dans la forêt où il avait fait bâtir cette maison exprès pour eux, où chacun d'eux fut logé à part, et où actuellement même il occupe un terrain dont il n'est jamais sorti, de sorte qu'ils ne se sont jamais vus. Ils ne connaissent encore que Mesrou et sa sœur qui les ont élevés, et qui ont toujours eu soin d'eux, et qui furent choisis de la couleur dont ils sont, afin que leurs élèves en fussent plus étonnés quand ils verraient d'autres hommes. On va donc pour la première fois leur laisser la liberté de sortir de leur enceinte, et de se connaître ; on leur a appris la langue que nous parlons ; on peut regarder le commerce qu'ils vont avoir ensemble comme le premier âge du monde ; les premières amours vont recommencer, nous verrons ce qui en arrivera. *(Ici, on entend un bruit de trompettes.)* Mais hâtons-nous de nous retirer, j'entends le signal qui nous en avertit, nos jeunes gens vont paraître ; voici une galerie qui règne tout le long de l'édifice, et d'où nous pourrons les voir et les écouter, de quelque côté qu'ils sortent de chez eux. Partons.

SCÈNE III

Carise, Églé

CARISE – Venez, Églé, suivez-moi ; voici de nouvelles terres que vous n'avez jamais vues, et que vous pouvez parcourir en sûreté.

ÉGLÉ – Que vois-je ? quelle quantité de nouveaux mondes !

CARISE – C'est toujours le même, mais vous n'en connaissez pas toute l'étendue.

ÉGLÉ – Que de pays ! que d'habitations ! il me semble que je ne suis plus rien dans un si grand espace, cela me fait plaisir et peur. *(Elle regarde et s'arrête à un ruisseau.)* Qu'est-ce que c'est que cette eau que je vois et qui roule à terre ? Je n'ai rien vu de semblable à cela dans le monde d'où je sors.

CARISE – Vous avez raison, et c'est ce qu'on appelle un ruisseau.

ÉGLÉ, *regardant* – Ah ! Carise, approchez, venez voir, il y a quelque chose qui habite dans le ruisseau qui est fait comme une personne, et elle paraît aussi étonnée de moi que je le suis d'elle.

CARISE, *riant* – Eh ! non, c'est vous que vous y voyez, tous les ruisseaux font cet effet-là.

ÉGLÉ – Quoi ! c'est là moi, c'est mon visage ?

CARISE – Sans doute.

ÉGLÉ – Mais savez-vous bien que cela est très beau, que cela fait un objet charmant ? Quel dommage de ne l'avoir pas su plus tôt !

CARISE – Il est vrai que vous êtes belle.

ÉGLÉ – Comment, belle, admirable ! cette découverte-là m'enchante. *(Elle se regarde encore.)* Le ruisseau fait toutes mes mines, et toutes me plaisent. Vous devez avoir eu bien du plaisir à me regarder, Mesrou et vous. Je passerais ma vie à me contempler ; que je vais m'aimer à présent !

CARISE – Promenez-vous à votre aise, je vous laisse pour rentrer dans votre habitation, où j'ai quelque chose à faire.

ÉGLÉ – Allez, allez, je ne m'ennuierai pas avec le ruisseau.

SCÈNE IV

Églé *un instant seule,*
Azor *paraît vis-à-vis d'elle*

ÉGLÉ, *continuant et se tâtant le visage* – Je ne me lasse point de moi. *(Et puis, apercevant Azor, avec frayeur.)* Qu'est-ce que c'est que cela, une personne comme moi ?... N'approchez point. *(Azor étendant les bras d'admiration et souriant. Églé continue.)* La personne rit, on dirait qu'elle m'admire. *(Azor fait un pas.)* Attendez... Ses regards sont pourtant bien doux... Savez-vous parler ?

AZOR – Le plaisir de vous voir m'a d'abord ôté la parole.

ÉGLÉ, *gaiement* – La personne m'entend, me répond, et si agréablement !

AZOR – Vous me ravissez.

ÉGLÉ – Tant mieux.

AZOR – Vous m'enchantez.

ÉGLÉ. Vous me plaisez aussi.

AZOR – Pourquoi donc me défendez-vous d'avancer ?

ÉGLÉ – Je ne vous le défends plus de bon cœur.

AZOR – Je vais donc approcher.

ÉGLÉ – J'en ai bien envie. *(Il avance.)* Arrêtez un peu... Que je suis émue !

AZOR – J'obéis, car je suis à vous.

ÉGLÉ – Elle obéit ; venez donc tout à fait, afin d'être à moi de plus près. *(Il vient.)* Ah ! la voilà, c'est vous, qu'elle est bien faite ! en vérité, vous êtes aussi belle que moi.

AZOR – Je meurs de joie d'être auprès de vous, je me donne à vous, je ne sais pas ce que je sens, je ne saurais le dire.

ÉGLÉ – Hé ! c'est tout comme moi.

AZOR – Je suis heureux, je suis agité.

ÉGLÉ – Je soupire.

AZOR – J'ai beau être auprès de vous, je ne vous vois pas encore assez.

ÉGLÉ – C'est ma pensée, mais on ne peut pas se voir davantage, car nous sommes là.

AZOR – Mon cœur désire vos mains.

ÉGLÉ – Tenez, le mien vous les donne ; êtes-vous plus contente ?

AZOR – Oui, mais non pas plus tranquille.

ÉGLÉ – C'est ce qui m'arrive, nous nous ressemblons en tout.

AZOR – Oh ! quelle différence ! tout ce que je suis ne vaut pas vos yeux, ils sont si tendres !

ÉGLÉ – Les vôtres si vifs !

AZOR – Vous êtes si mignonne, si délicate !

ÉGLÉ – Oui, mais je vous assure qu'il vous sied fort bien de ne l'être pas tant que moi, je ne voudrais pas que vous fussiez autrement, c'est une autre perfection, je ne nie pas la mienne, gardez-moi la vôtre.

AZOR – Je n'en changerai point, je l'aurai toujours.

ÉGLÉ – Ah çà ! dites-moi, où étiez-vous quand je ne vous connaissais pas ?

AZOR – Dans un monde à moi, où je ne retournerai plus, puisque vous n'en êtes pas, et que je veux toujours avoir vos mains ; ni moi ni ma bouche ne saurions plus nous passer d'elles.

ÉGLÉ – Ni mes mains se passer de votre bouche ; mais j'entends du bruit, ce sont des personnes de mon monde : de peur de les effrayer, cachez-vous derrière les arbres, je vais vous rappeler.

AZOR – Oui, mais je vous perdrai de vue.

ÉGLÉ – Non, vous n'avez qu'à regarder dans cette eau qui coule, mon visage y est, vous l'y verrez.

SCÈNE V

Mesrou, Carise, Églé

ÉGLÉ, *soupirant* – Ah ! je m'ennuie déjà de son absence.

CARISE – Églé, je vous retrouve inquiète, ce me semble, qu'avez-vous ?

MESROU – Elle a même les yeux plus attendris qu'à l'ordinaire.

ÉGLÉ – C'est qu'il y a une grande nouvelle ; vous croyez que nous ne sommes que trois, je vous avertis que nous sommes quatre ; j'ai fait l'acquisition d'un objet qui me tenait la main tout à l'heure.

CARISE – Qui vous tenait la main, Églé ! Eh que n'avez-vous appelé à votre secours ?

ÉGLÉ – Du secours contre quoi ? contre le plaisir qu'il me faisait ? J'étais bien aise qu'il me la tînt ; il me la tenait par ma permission : il la baisait tant qu'il pouvait, et je ne l'aurai pas plus tôt rappelé qu'il la baisera encore pour mon plaisir et pour le sien.

MESROU – Je sais qui c'est, je crois même l'avoir entrevu qui se retirait ; cet objet s'appelle un homme, c'est Azor, nous le connaissons.

ÉGLÉ – C'est Azor ? le joli nom ! le cher Azor ! le cher homme ! il va venir.

CARISE – Je ne m'étonne point qu'il vous aime et que vous l'aimiez, vous êtes faits l'un pour l'autre.

ÉGLÉ – Justement, nous l'avons deviné de nous-mêmes. *(Elle l'appelle.)* Azor, mon Azor, venez vite, l'homme !

SCÈNE VI

Carise, Églé, Mesrou, Azor

AZOR – Eh ! c'est Carise et Mesrou, ce sont mes amis.

ÉGLÉ, *gaiement.* Ils me l'ont dit, vous êtes fait exprès pour moi,

moi faite exprès pour vous, ils me l'apprennent: voilà pourquoi nous nous aimons tant, je suis votre Églé, vous, mon Azor.

MESROU – L'un est l'homme, et l'autre la femme.

AZOR – Mon Églé, mon charme, mes délices, et ma femme!

ÉGLÉ – Tenez, voilà ma main, consolez-vous d'avoir été caché. *(À Mesrou et à Carise.)* Regardez, voilà comme il faisait tantôt, fallait-il appeler à mon secours?

CARISE – Mes enfants, je vous l'ai déjà dit, votre destination naturelle est d'être charmés l'un de l'autre.

ÉGLÉ, *le tenant par la main.* Il n'y a rien de si clair.

CARISE – Mais il y a une chose à observer, si vous voulez vous aimer toujours.

ÉGLÉ – Oui, je comprends, c'est d'être toujours ensemble.

CARISE – Au contraire, c'est qu'il faut de temps en temps vous priver du plaisir de vous voir.

ÉGLÉ, *étonnée* – Comment?

AZOR, *étonné* – Quoi?

CARISE – Oui, vous dis-je, sans quoi ce plaisir diminuerait, et vous deviendrait indifférent.

ÉGLÉ, *riant* – Indifférent, indifférent, mon Azor! ah! ah! ah!... la plaisante pensée!

AZOR, *riant* – Comme elle s'y entend!

MESROU – N'en riez pas, elle vous donne un très bon conseil, ce n'est qu'en pratiquant ce qu'elle vous dit là, et qu'en nous séparant quelquefois, que nous continuons de nous aimer, Carise et moi.

ÉGLÉ – Vraiment, je le crois bien, cela peut vous être bon à vous autres qui êtes tous deux si noirs, et qui avez dû vous enfuir de peur la première fois que vous vous êtes vus.

AZOR – Tout ce que vous avez pu faire, c'est de vous supporter l'un et l'autre.

ÉGLÉ – Et vous seriez bientôt rebutés de vous voir si vous ne vous quittiez jamais, car vous n'avez rien de beau à vous montrer; moi qui vous aime, par exemple, quand je ne vous vois pas, je me passe de vous, je n'ai pas besoin de votre présence, pourquoi? C'est que vous ne me charmez pas; au lieu que nous nous charmons, Azor et moi; il est si beau, moi si admirable, si attrayante, que nous nous ravissons en nous contemplant.

AZOR, *prenant la main d'Églé* – La seule main d'Églé, voyez-vous, sa main seule, je souffre quand je ne la tiens pas, et quand je la tiens, je me meurs si je ne la baise, et quand je l'ai baisée, je me meurs encore.

ÉGLÉ – L'homme a raison, tout ce qu'il vous dit là, je le sens ; voilà pourtant où nous en sommes, et vous qui parlez de notre plaisir, vous ne savez pas ce que c'est, nous ne le comprenons pas, nous qui le sentons, il est infini.

MESROU – Nous ne vous proposons de vous séparer que deux ou trois heures seulement dans la journée.

ÉGLÉ – Pas d'une minute.

MESROU – Tant pis.

ÉGLÉ – Vous m'impatientez, Mesrou ; est-ce qu'à force de nous voir nous deviendrons laids ? Cesserons-nous d'être charmants ?

CARISE – Non, mais vous cesserez de sentir que vous l'êtes.

ÉGLÉ – Hé ! qu'est-ce qui nous empêchera de le sentir puisque nous le sommes ?

AZOR – Églé sera toujours Églé.

ÉGLÉ – Azor toujours Azor.

MESROU – J'en conviens, mais que sait-on ce qui peut arriver ? Supposons, par exemple, que je devinsse aussi aimable qu'Azor, que Carise devînt aussi belle qu'Églé.

ÉGLÉ – Qu'est-ce que cela nous ferait ?

CARISE – Peut-être alors que, rassasiés de vous voir, vous seriez tentés de vous quitter tous deux pour nous aimer.

ÉGLÉ – Pourquoi tentés ? Quitte-t-on ce qu'on aime ? Est-ce là raisonner ? Azor et moi, nous nous aimons, voilà qui est fini, devenez beau tant qu'il vous plaira, que nous importe ? ce sera votre affaire, la nôtre est arrêtée.

AZOR – Ils n'y comprendront jamais rien, il faut être nous pour savoir ce qui en est.

MESROU – Comme vous voudrez.

AZOR – Mon amitié, c'est ma vie.

ÉGLÉ – Entendez-vous ce qu'il dit, sa vie ? comment me quitterait-il ? Il faut bien qu'il vive, et moi aussi.

AZOR – Oui, ma vie, comment est-il possible qu'on soit si belle, qu'on ait de si beaux regards, une si belle bouche, et tout si beau ?

ÉGLÉ – J'aime tant qu'il m'admire !

MESROU – Il est vrai qu'il vous adore.

AZOR – Ah ! que c'est bien dit, je l'adore ! Mesrou me comprend, je vous adore.

ÉGLÉ, *soupirant* – Adorez donc, mais donnez-moi le temps de respirer ; ah !

CARISE – Que de tendresse ! j'en suis enchantée moi-même ! Mais il n'y a qu'un moyen de la conserver, c'est de nous en croire ; et si vous avez la sagesse de vous y déterminer, tenez, Églé, donnez ceci à Azor, ce sera de quoi l'aider à supporter votre absence.

ÉGLÉ, *prenant un portrait que Carise lui donne* – Comment donc ! je me reconnais ; c'est encore moi, et bien mieux que dans les eaux du ruisseau, c'est toute ma beauté, c'est moi, quel plaisir de se trouver partout ! Regardez, Azor, regardez mes charmes.

AZOR – Ah ! c'est Églé, c'est ma chère femme, la voilà, sinon que la véritable est encore plus belle.

Il baise le portrait.

MESROU – Du moins cela la représente.

AZOR – Oui, cela la fait désirer.

Il le baise encore.

ÉGLÉ – Je n'y trouve qu'un défaut, quand il le baise, ma copie a tout.

AZOR, *prenant sa main qu'il baise* – Ôtons ce défaut-là.

ÉGLÉ – Ah çà ! j'en veux autant pour m'amuser.

MESROU – Choisissez de son portrait ou du vôtre.

ÉGLÉ – Je les retiens tous deux.

MESROU – Oh ! il faut opter, s'il vous plaît, je suis bien aise d'en garder un.

ÉGLÉ – Hé bien ! en ce cas-là je n'ai que faire de vous pour avoir Azor, car j'ai déjà son portrait dans mon esprit, ainsi donnez-moi le mien, je les aurai tous deux.

CARISE – Le voilà d'une autre manière. Cela s'appelle un miroir, il n'y a qu'à presser cet endroit pour l'ouvrir. Adieu, nous reviendrons vous trouver dans quelque temps, mais, de grâce, songez aux petites absences.

SCÈNE VII

Azor, Églé

ÉGLÉ, *tâchant d'ouvrir la boîte* – Voyons, je ne saurais l'ouvrir; essayez, Azor, c'est là qu'elle a dit de presser.

AZOR *l'ouvre et se regarde* – Bon ! ce n'est que moi, je pense, c'est ma mine que le ruisseau d'ici près m'a montrée.

ÉGLÉ – Ha ! ha ! que je voie donc ! Eh ! point du tout, cher homme, c'est plus moi que jamais, c'est réellement votre Églé, la véritable, tenez, approchez.

AZOR – Eh ! oui, c'est vous, attendez donc, c'est nous deux, c'est moitié l'un et moitié l'autre ; j'aimerais mieux que ce fût vous toute seule, car je m'empêche de vous voir tout entière.

ÉGLÉ – Ah ! je suis bien aise d'y voir un peu de vous aussi, vous n'y gâtez rien ; avancez encore, tenez-vous bien.

AZOR – Nos visages vont se toucher, voilà qu'ils se touchent, quel bonheur pour le mien ! quel ravissement !

ÉGLÉ – Je vous sens bien, et je le trouve bon.

AZOR – Si nos bouches s'approchaient !

Il lui prend un baiser.

ÉGLÉ, *en se retournant* – Oh ! vous nous dérangez, à présent je ne vois plus que moi, l'aimable invention qu'un miroir !

AZOR, *prenant le portrait d'Églé* – Ah ! le portrait est aussi une excellente chose. *(Il le baise.)*

ÉGLÉ – Carise et Mesrou sont pourtant de bonnes gens.

AZOR – Ils ne veulent que notre bien, j'allais vous parler d'eux, et de ce conseil qu'ils nous ont donné.

ÉGLÉ – Sur ces absences, n'est-ce pas ? J'y rêvais aussi.

AZOR – Oui, mon Églé, leur prédiction me fait quelque peur ; je n'appréhende rien de ma part, mais n'allez pas vous ennuyer de moi, au moins, je serais désespéré.

ÉGLÉ – Prenez garde à vous-même, ne vous lassez pas de m'adorer, en vérité, toute belle que je suis, votre peur m'effraie aussi.

AZOR – Ah, merveille, ce n'est pas à vous à trembler… À quoi rêvez-vous ?

ÉGLÉ – Allons, allons, tout bien examiné, mon parti est pris : donnons-nous du chagrin, séparons-nous pour deux heures, j'aime encore mieux votre cœur et son adoration que votre présence, qui m'est pourtant bien douce.

AZOR – Quoi ! nous quitter !

ÉGLÉ – Ah ! si vous ne me prenez pas au mot, tout à l'heure, je ne le voudrai plus.

AZOR – Hélas ! le courage me manque.

ÉGLÉ – Tant pis, je vous déclare que le mien se passe.

AZOR, *pleurant* – Adieu, Églé, puisqu'il le faut.

ÉGLÉ – Vous pleurez ? eh bien ! restez donc pourvu qu'il n'y ait point de danger.

AZOR – Mais s'il y en avait !

ÉGLÉ – Partez donc.

AZOR – Je m'enfuis.

SCÈNE VIII

Églé, *seule*

Ah ! il n'y est plus, je suis seule, je n'entends plus sa voix, il n'y a plus que le miroir. *(Elle s'y regarde.)* J'ai eu tort de renvoyer mon homme, Carise et Mesrou ne savent ce qu'ils disent. *(En se regardant.)* Si je m'étais mieux considérée, Azor ne serait point parti. Pour aimer toujours ce que je vois là, il n'avait pas besoin de l'absence... Allons, je vais m'asseoir auprès du ruisseau, c'est encore un miroir de plus.

SCÈNE IX

Églé, Adine *de loin*

ÉGLÉ – Mais que vois-je ? encore une autre personne !

ADINE – Ha ! ha ! qu'est-ce que c'est que ce nouvel objet-ci ?

Elle avance.

ÉGLÉ – Elle me considère avec attention, mais ne m'admire point, ce n'est pas là un Azor. *(Elle se regarde dans son miroir.)* C'est encore moins une Églé... Je crois pourtant qu'elle se compare.

ADINE – Je ne sais que penser de cette figure-là, je ne sais ce qui lui manque, elle a quelque chose d'insipide.

ÉGLÉ – Elle est d'une espèce qui ne me revient point.

ADINE – A-t-elle un langage ?... Voyons... Êtes-vous une personne ?

ÉGLÉ – Oui assurément, et très personne.

ADINE – Eh bien ! n'avez-vous rien à me dire ?

ÉGLÉ – Non, d'ordinaire on me prévient, c'est à moi qu'on parle.

ADINE – Mais n'êtes-vous pas charmée de moi ?

ÉGLÉ – De vous ? C'est moi qui charme les autres.

ADINE – Quoi ! vous n'êtes pas bien aise de me voir ?

ÉGLÉ – Hélas ! ni bien aise ni fâchée, qu'est-ce que cela me fait ?

ADINE – Voilà qui est particulier ! vous me considérez, je me montre, et vous ne sentez rien ? C'est que vous regardez ailleurs ; contemplez-moi un peu attentivement, là, comment me trouvez-vous ?

ÉGLÉ – Mais qu'est-ce que c'est que vous ? Est-il question de vous ? Je vous dis que c'est d'abord moi qu'on voit, moi qu'on informe de ce qu'on pense, voilà comme cela se pratique, et vous voulez que ce soit moi qui vous contemple pendant que je suis présente !

ADINE – Sans doute, c'est à la plus belle à attendre qu'on la remarque et qu'on s'étonne.

ÉGLÉ – Eh bien, étonnez-vous donc !

ADINE – Vous ne m'entendez donc pas ? on vous dit que c'est à la plus belle à attendre.

ÉGLÉ – On vous répond qu'elle attend.

ADINE – Mais si ce n'est pas moi, où est-elle ? Je suis pourtant l'admiration des trois autres personnes qui habitent le monde.

ÉGLÉ – Je ne connais pas vos personnes, mais je sais qu'il y en a trois que je ravis et qui me traitent de merveille.

ADINE – Et moi je sais que je suis si belle, si belle, que je me charme moi-même toutes les fois que je me regarde, voyez ce que c'est.

ÉGLÉ – Que me contez-vous là ? Je ne me considère jamais que je ne sois enchantée, moi qui vous parle.

ADINE – Enchantée ! Il est vrai que vous êtes passable, et même assez gentille, je vous rends justice, je ne suis pas comme vous.

ÉGLÉ, *à part* – Je la battrais de bon cœur avec sa justice.

ADINE – Mais de croire que vous pouvez entrer en dispute avec moi, c'est se moquer, il n'y a qu'à voir.

ÉGLÉ – Mais c'est aussi en voyant, que je vous trouve assez laide.

ADINE – Bon ! c'est que vous me portez envie, et que vous vous empêchez de me trouver belle.

ÉGLÉ – Il n'y a que votre visage qui m'en empêche.

ADINE – Mon visage ! Oh ! je n'en suis pas en peine, car je l'ai vu, allez demander ce qu'il est aux eaux du ruisseau qui coule, demandez-le à Mesrin qui m'adore.

ÉGLÉ – Les eaux du ruisseau, qui se moquent de vous, m'apprendront qu'il n'y a rien de si beau que moi, et elles me l'ont déjà appris, je ne sais ce que c'est qu'un Mesrin, mais il ne vous regarderait pas s'il me voyait ; j'ai un Azor qui vaut mieux que lui, un Azor que j'aime, qui est presque aussi admirable que moi, et qui dit que je suis sa vie ; vous n'êtes la vie de personne, vous ; et puis j'ai un miroir qui achève de me confirmer tout ce que mon Azor et le ruisseau assurent ; y a-t-il rien de plus fort ?

ADINE, *en riant* – Un miroir ! vous avez aussi un miroir ! Eh ! à quoi vous sert-il ? À vous regarder ? Ah ! ah ! ah !

ÉGLÉ – Ah ! ah ! ah !... n'ai-je pas deviné qu'elle me déplairait ?

ADINE, *en riant* – Tenez, en voilà un meilleur, venez apprendre à vous connaître et à vous taire.

Carise paraît dans l'éloignement.

ÉGLÉ, *ironiquement* – Jetez les yeux sur celui-ci pour y savoir votre médiocrité, et la modestie qui vous est convenable avec moi.

ADINE – Passez votre chemin : dès que vous refusez de prendre du plaisir à me considérer, vous ne m'êtes bonne à rien, je ne vous parle plus.

Elles ne se regardent plus.

ÉGLÉ – Et moi, j'ignore que vous êtes là.

Elles s'écartent.

ADINE, *à part.* Quelle folle !

ÉGLÉ, *à part.* Quelle visionnaire, de quel monde cela sort-il ?

SCÈNE X

Carise, Églé, Adine

CARISE – Que faites-vous donc là toutes deux éloignées l'une de l'autre, et sans vous parler ?

ADINE, *riant* – C'est une nouvelle figure que j'ai rencontrée et que ma beauté désespère.

ÉGLÉ – Que diriez-vous de ce fade objet, de cette ridicule espèce de personne qui aspire à m'étonner, qui me demande ce que je sens en la voyant, qui veut que j'aie du plaisir à la voir, qui me dit : Hé ! contemplez-moi donc ! hé ! comment me trouvez-vous ? et qui prétend être aussi belle que moi !

ADINE – Je ne dis pas cela, je dis plus belle, comme cela se voit dans le miroir.

ÉGLÉ, *montrant le sien* – Mais qu'elle se voie donc dans celui-ci, si elle ose !

ADINE – Je ne lui demande qu'un coup d'œil dans le mien, qui est le véritable.

CARISE – Doucement, ne vous emportez point ; profitez plutôt du hasard qui vous a fait faire connaissance ensemble, unissons-nous tous, devenez compagnes, et joignez l'agrément de vous voir à la douceur d'être toutes deux adorées, Églé par l'aimable Azor qu'elle chérit, Adine par l'aimable Mesrin qu'elle aime ; allons, raccommodez-vous.

ÉGLÉ – Qu'elle se défasse donc de sa vision de beauté qui m'ennuie.

ADINE – Tenez, je sais le moyen de lui faire entendre raison, je n'ai qu'à lui ôter son Azor dont je ne me soucie pas, mais rien que pour avoir la paix.

ÉGLÉ, *fâchée* – Où est son imbécile Mesrin ? Malheur à elle, si je le rencontre ! Adieu, je m'écarte, car je ne saurais la souffrir.

ADINE – Ah ! ah ! ah !... mon mérite est son aversion.

ÉGLÉ, *se retournant* – Ha ! ha ! ha ! quelle grimace !

SCÈNE XI

Adine, Carise

CARISE – Allons, laissez-la dire.

ADINE – Vraiment, bien entendu ; elle me fait pitié.

CARISE – Sortons d'ici, voilà l'heure de votre leçon de musique, je ne pourrai pas vous la donner si vous tardez.

ADINE – Je vous suis, mais j'aperçois Mesrin, je n'ai qu'un mot à lui dire.

CARISE – Vous venez de le quitter.

ADINE – Je ne serai qu'un moment en passant.

SCÈNE XII

Mesrin, Carise, Adine

ADINE, *appelle* – Mesrin !

MESRIN, *accourant* – Quoi ! c'est vous, c'est mon Adine qui est revenue ; que j'ai de joie ! que j'étais impatient !

ADINE – Eh ! non, remettez votre joie, je ne suis pas revenue, je m'en retourne, ce n'est que par hasard que je suis ici.

MESRIN – Il fallait donc y être avec moi par hasard.

ADINE – Écoutez, écoutez ce qui vient de m'arriver.

CARISE – Abrégez, car j'ai autre chose à faire.

ADINE – J'ai fait. *(À Mesrin.)* Je suis belle, n'est-ce pas ?

MESRIN – Belle ! si vous êtes belle !

ADINE – Il n'hésite pas, lui, il dit ce qu'il voit.

MESRIN – Si vous êtes divine ! la beauté même.

ADINE – Eh ! oui, je n'en doute pas ; et cependant, vous, Carise et moi, nous nous trompons, je suis laide.

MESRIN – Mon Adine !

ADINE – Elle-même ; en vous quittant, j'ai trouvé une nouvelle personne qui est d'un autre monde, et qui, au lieu d'être étonnée de moi, d'être transportée comme vous l'êtes et comme elle devrait l'être, voulait au contraire que je fusse charmée d'elle, et sur le refus que j'en ai fait, m'a accusée d'être laide.

MESRIN – Vous me mettez d'une colère !

ADINE – M'a soutenu que vous me quitteriez quand vous l'auriez vue.

CARISE – C'est qu'elle était fâchée.

MESRIN – Mais, est-ce bien une personne ?

ADINE – Elle dit que oui, et elle en paraît une, à peu près.

CARISE – C'en est une aussi.

ADINE – Elle reviendra sans doute, et je veux absolument que vous la méprisiez, quand vous la trouverez, je veux qu'elle vous fasse peur.

MESRIN – Elle doit être horrible ?

ADINE – Elle s'appelle… attendez, elle s'appelle…

CARISE – Églé.

ADINE – Oui, c'est une Églé. Voici à présent comme elle est faite : c'est un visage fâché, renfrogné, qui n'est pas noir comme celui de Carise, qui n'est pas blanc comme le mien non plus, c'est une couleur qu'on ne peut pas bien dire.

MESRIN – Et qui ne plaît pas ?

ADINE – Oh ! point du tout, couleur indifférente ; elle a des yeux, comment vous dirais-je ? des yeux qui ne font pas plaisir, qui regardent, voilà tout ; une bouche ni grande ni petite, une bouche qui lui sert à parler ; une figure toute droite, toute droite et qui serait pourtant à peu près comme la nôtre, si elle était bien faite ; qui a des mains qui vont et qui viennent, des doigts longs et maigres, je pense ; avec une voix rude et aigre ; oh ! vous la reconnaîtrez bien.

MESRIN – Il me semble que je la vois, laissez-moi faire : il faut la renvoyer dans un autre monde, après que je l'aurai bien mortifiée.

ADINE – Bien humiliée, bien désolée.

MESRIN – Et bien moquée, oh ! ne vous embarrassez pas, et donnez-moi cette main.

ADINE – Eh ! prenez-la, c'est pour vous que je l'ai.

Mesrin baise sa main.

CARISE – Allons, tout est dit, partons.

ADINE – Quand il aura achevé de baiser ma main.

CARISE – Laissez-la donc, Mesrin, je suis pressée.

ADINE – Adieu tout ce que j'aime, je ne serai pas longtemps, songez à ma vengeance.

MESRIN – Adieu tout mon charme ! Je suis furieux.

SCÈNE XIII

Mesrin, Azor

MESRIN, *les premiers mots seul, répétant le portrait* – Une couleur ni noire ni blanche, une figure toute droite, une bouche qui parle… où pourrais-je la trouver ? *(Voyant Azor.)* Mais j'aperçois quelqu'un, c'est une personne comme moi, serait-ce Églé ? Non, car elle n'est point difforme.

AZOR, *le considérant* – Vous êtes pareille à moi, ce me semble ?

MESRIN – C'est ce que je pensais.

AZOR – Vous êtes donc un homme ?

MESRIN –On m'a dit que oui.

AZOR – On m'en a dit de moi tout autant.

MESRIN – On vous a dit : est-ce que vous connaissez des personnes ?

AZOR – Oh ! oui, je les connais toutes, deux noires et une blanche.

MESRIN – Moi, c'est la même chose, d'où venez-vous ?

AZOR – Du monde.

MESRIN – Est-ce du mien ?

AZOR – Ah ! je n'en sais rien, car il y en a tant !

MESRIN – Qu'importe ? votre mine me convient, mettez votre main dans la mienne, il faut nous aimer.

AZOR – Oui-da, vous me réjouissez, je me plais à vous voir sans que vous ayez de charmes.

MESRIN – Ni vous non plus ; je ne me soucie pas de vous, sinon que vous êtes bonhomme.

AZOR – Voilà ce que c'est, je vous trouve de même, un bon camarade, moi un autre bon camarade, je me moque du visage.

MESRIN – Eh ! quoi donc, c'est par la bonne humeur que je vous regarde ; à propos, prenez-vous vos repas ?

AZOR – Tous les jours.

MESRIN – Eh bien ! je les prends aussi ; prenons-les ensemble pour notre divertissement, afin de nous tenir gaillards ; allons, ce sera pour tantôt : nous rirons, nous sauterons, n'est-il pas vrai ? J'en saute déjà.

Il saute.

AZOR, *il saute aussi* – Moi de même, et nous serons deux, peut-être quatre, car je le dirai à ma blanche qui a un visage : il faut voir ! ah ! ah ! c'est elle qui en a un qui vaut mieux que nous deux.

MESRIN – Oh ! je le crois, camarade, car vous n'êtes rien du tout, ni moi non plus, auprès d'une autre mine que je connais, que nous mettrons avec nous, qui me transporte, et qui a des mains si douces, si blanches, qu'elle me laisse tant baiser !

AZOR – Des mains, camarade ? Est-ce que ma blanche n'en a pas aussi qui sont célestes, et que je caresse tant qu'il me plaît ? Je les attends.

MESRIN – Tant mieux, je viens de quitter les miennes, et il faut que je vous quitte aussi pour une petite affaire ; restez ici jusqu'à ce que je revienne avec mon Adine, et sautons encore pour nous réjouir de l'heureuse rencontre. *(Ils sautent tous deux en riant.)* Ha ! ha ! ha !

SCÈNE XIV

Azor, Mesrin, Églé

ÉGLÉ, *s'approchant* – Qu'est-ce que c'est que cela qui plaît tant ?

MESRIN, *la voyant* – Ah ! le bel objet qui nous écoute !

AZOR – C'est ma blanche, c'est Églé.

MESRIN, *à part* – Églé, c'est là ce visage fâché ?

AZOR – Ah ! que je suis heureux !

ÉGLÉ, *s'approchant* – C'est donc un nouvel ami qui nous a apparu tout d'un coup ?

AZOR – Oui, c'est un camarade que j'ai fait, qui s'appelle homme, et qui arrive d'un monde ici près.

MESRIN – Ah ! qu'on a de plaisir dans celui-ci !

ÉGLÉ – En avez-vous plus que dans le vôtre ?

MESRIN – Oh ! je vous assure.

ÉGLÉ – Eh bien ! l'homme, il n'y a qu'à y rester.

AZOR – C'est ce que nous disions, car il est tout à fait bon et joyeux ; je l'aime, non pas comme j'aime ma ravissante Églé que j'adore, au lieu qu'à lui je n'y prends seulement pas garde, il n'y a que sa compagnie que je cherche pour parler de vous, de votre bouche, de vos yeux, de vos mains, après qui je languissais.

Il lui baise une main.

MESRIN *lui prend l'autre main* – Je vais donc prendre l'autre.

Il baise cette main, Églé rit, et ne dit mot.

AZOR, *lui reprenant cette main* – Oh ! doucement, ce n'est pas ici votre blanche, c'est la mienne, ces deux mains sont à moi, vous n'y avez rien.

ÉGLÉ – Ah ! il n'y a pas de mal ; mais, à propos, allez-vous-en, Azor, vous savez bien que l'absence est nécessaire, et il n'y a pas assez longtemps que la nôtre dure.

AZOR – Comment ! il y a je ne sais combien d'heures que je ne vous ai vue.

ÉGLÉ – Vous vous trompez, il n'y a pas assez longtemps, vous dis-je ; je sais bien compter, et ce que j'ai résolu je le veux tenir.

AZOR – Mais vous allez rester seule.

ÉGLÉ – Eh bien ! je m'en contenterai.

MESRIN – Ne la chagrinez pas, camarade.

AZOR – Je crois que vous vous fâchez contre moi.

ÉGLÉ – Pourquoi m'obstinez-vous ? Ne vous a-t-on pas dit qu'il n'y a rien de si dangereux que de nous voir ?

AZOR – Ce n'est peut-être pas la vérité.

ÉGLÉ – Et moi je me doute que ce n'est pas un mensonge.

Carise paraît ici dans l'éloignement et écoute.

AZOR – Je pars donc pour vous complaire, mais je serai bientôt de retour, allons, camarade, qui avez affaire, venez avec moi pour m'aider à passer le temps.

MESRIN – Oui, mais…

ÉGLÉ, *souriant.* Quoi ?

MESRIN – C'est qu'il y a longtemps que je me promène.

ÉGLÉ – Il faut qu'il se repose.

MESRIN – Et j'aurais empêché que la belle femme ne s'ennuie.

ÉGLÉ – Oui, il empêcherait.

AZOR – N'a-t-elle pas dit qu'elle voulait être seule ? Sans cela, je la désennuierais encore mieux que vous. Partons !

ÉGLÉ, *à part et de dépit.* Partons !

SCÈNE XV

Carise, Églé

CARISE *approche et regarde Églé qui rêve* – À quoi rêvez-vous donc ?

ÉGLÉ – Je rêve que je ne suis pas de bonne humeur.

CARISE – Avez-vous du chagrin ?

ÉGLÉ – Ce n'est pas du chagrin non plus, c'est de l'embarras d'esprit.

CARISE – D'où vous vient-il ?

ÉGLÉ – Vous nous disiez tantôt qu'en fait d'amitié on ne sait ce qui peut arriver ?

CARISE – Il est vrai.

ÉGLÉ – Eh bien ! Je ne sais ce qui m'arrive.

CARISE – Mais qu'avez-vous ?

ÉGLÉ – Il me semble que je suis fâchée contre moi, que je suis fâchée contre Azor, je ne sais à qui j'en ai.

CARISE – Pourquoi fâchée contre vous ?

ÉGLÉ – C'est que j'ai dessein d'aimer toujours Azor, et j'ai peur d'y manquer.

CARISE – Serait-il possible ?

ÉGLÉ – Oui, j'en veux à Azor, parce que ses manières en sont cause.

CARISE – Je soupçonne que vous lui cherchez querelle.

ÉGLÉ – Vous n'avez qu'à me répondre toujours de même, je serai bientôt fâchée contre vous aussi.

CARISE – Vous êtes en effet de bien mauvaise humeur; mais que vous a fait Azor?

ÉGLÉ – Ce qu'il m'a fait? Nous convenons de nous séparer: il part, et il revient sur-le-champ, il voudrait toujours être là; à la fin, ce que vous lui avez prédit lui arrivera.

CARISE – Quoi? vous cesserez de l'aimer?

ÉGLÉ – Sans doute; si le plaisir de se voir s'en va quand on le prend trop souvent, est-ce ma faute à moi?

CARISE – Vous nous avez soutenu que cela ne se pouvait pas.

ÉGLÉ – Ne me chicanez donc pas; que savais je? Je l'ai soutenu par ignorance.

CARISE – Églé, ce ne peut pas être son trop d'empressement à vous voir qui lui nuit auprès de vous, il n'y a pas assez longtemps que vous le connaissez.

ÉGLÉ – Pas mal de temps; nous avons déjà eu trois conversations ensemble, et apparemment que la longueur des entretiens est contraire.

CARISE – Vous ne dites pas son véritable tort, encore une fois.

ÉGLÉ – Oh! il en a encore un et même deux, il en a je ne sais combien: premièrement, il m'a contrariée; car mes mains sont à moi, je pense, elles m'appartiennent, et il défend qu'on les baise!

CARISE – Et qui est-ce qui a voulu les baiser?

ÉGLÉ – Un camarade qu'il a découvert tout nouvellement, et qui s'appelle homme.

CARISE – Et qui est aimable?

ÉGLÉ – Oh! charmant, plus doux qu'Azor, et qui proposait aussi de demeurer pour me tenir compagnie; et ce fantasque d'Azor ne lui a permis ni la main, ni la compagnie, l'a querellé et l'a emmené brusquement sans consulter mon désir: Ha! ha! je ne suis donc pas ma maîtresse? il ne se fie donc pas à moi? il a donc peur qu'on ne m'aime?

CARISE – Non, mais il a craint que son camarade ne vous plût.

ÉGLÉ – Eh bien! il n'a qu'à me plaire davantage, car à l'égard d'être aimée, je suis bien aise de l'être, je le déclare, et au lieu d'un camarade, en eût-il cent, je voudrais qu'ils m'aimassent tous, c'est mon plaisir; il veut que ma beauté soit pour lui tout seul, et moi je prétends qu'elle soit pour tout le monde.

CARISE – Tenez, votre dégoût pour Azor ne vient pas de tout ce que vous dites là, mais de ce que vous aimez mieux à présent son camarade que lui.

ÉGLÉ – Croyez-vous ? Vous pourriez bien avoir raison.

CARISE – Eh ! dites-moi, ne rougissez-vous pas un peu de votre inconstance ?

ÉGLÉ – Il me paraît que oui, mon accident me fait honte, j'ai encore cette ignorance-là.

CARISE – Ce n'en est pas une, vous aviez tant promis de l'aimer constamment.

ÉGLÉ – Attendez, quand je l'ai promis, il n'y avait que lui, il fallait donc qu'il restât seul, le camarade n'était pas de mon compte.

CARISE – Avouez que ces raisons-là ne sont point bonnes, vous les aviez tantôt réfutées d'avance.

ÉGLÉ – Il est vrai que je ne les estime pas beaucoup ; il y en a pourtant une excellente, c'est que le camarade vaut mieux qu'Azor.

CARISE – Vous vous méprenez encore là-dessus, ce n'est pas qu'il vaille mieux, c'est qu'il a l'avantage d'être nouveau venu.

ÉGLÉ – Mais cet avantage-là est considérable, n'est-ce rien que d'être nouveau venu ? N'est-ce rien que d'être un autre ? Cela est fort joli, au moins, ce sont des perfections qu'Azor n'a pas.

CARISE – Ajoutez que ce nouveau venu vous aimera.

ÉGLÉ – Justement, il m'aimera, je l'espère, il a encore cette qualité-là.

CARISE – Au lieu qu'Azor n'en est pas à vous aimer.

ÉGLÉ – Eh ! non, car il m'aime déjà.

CARISE – Quels étranges motifs de changement ! Je gagerais bien que vous n'en êtes pas contente.

ÉGLÉ – Je ne suis contente de rien, d'un côté, le changement me fait peine, de l'autre, il me fait plaisir ; je ne puis pas plus empêcher l'un que l'autre ; ils sont tous deux de conséquence ; auquel des deux suis-je le plus obligée ? Faut-il me faire de la peine ? Faut-il me faire du plaisir ? Je vous défie de le dire.

CARISE – Consultez votre bon cœur, vous sentirez qu'il condamne votre inconstance.

ÉGLÉ – Vous n'écoutez donc pas ; mon bon cœur le condamne, mon bon cœur l'approuve, il dit oui, il dit non, il est de deux avis, il n'y a donc qu'à choisir le plus commode.

CARISE – Savez-vous le parti qu'il faut prendre ? C'est de fuir le camarade d'Azor; allons, venez; vous n'aurez pas la peine de combattre.

ÉGLÉ, *voyant venir Mesrin* – Oui, mais nous fuyons bien tard; voilà le combat qui vient, le camarade arrive.

CARISE – N'importe, efforcez-vous, courage! ne le regardez pas.

SCÈNE XVI

Mesrou, *de loin, voulant retenir*
Mesrin *qui se dégage,* Églé, Carise

MESROU – Il s'échappe de moi, il veut être inconstant, empêchez-le d'approcher.

CARISE, *à Mesrin* – N'avancez pas.

MESRIN – Pourquoi?

CARISE – C'est que je vous le défends; Mesrou et moi, nous devons avoir quelque autorité sur vous, nous sommes vos maîtres.

MESRIN, *se révoltant* – Mes maîtres! Qu'est-ce que c'est qu'un maître?

CARISE – Eh bien! je ne vous le commande plus, je vous en prie, et la belle Églé joint sa prière à la mienne.

ÉGLÉ – Moi! point du tout, je ne joins point de prière.

CARISE, *à Églé, à part.* Retirons-nous, vous n'êtes pas encore sûre qu'il vous aime.

ÉGLÉ – Oh! je n'espère pas le contraire, il n'y a qu'à lui demander ce qui en est. Que souhaitez-vous, le joli camarade?

MESRIN – Vous voir, vous contempler, vous admirer, vous appeler mon âme.

ÉGLÉ – Vous voyez bien qu'il parle de son âme; est-ce que vous m'aimez?

MESRIN – Comme un perdu.

ÉGLÉ – Ne l'avais-je pas bien dit?

MESRIN – M'aimez-vous aussi?

ÉGLÉ – Je voudrais bien m'en dispenser si je le pouvais, à cause d'Azor qui compte sur moi.

MESROU – Mesrin, imitez Églé, ne soyez point infidèle.

ÉGLÉ – Mesrin! l'homme s'appelle Mesrin!

MESRIN – Eh ! oui.

ÉGLÉ – L'ami d'Adine ?

MESRIN – C'est moi qui l'étais, et qui n'ai plus besoin de son portrait.

ÉGLÉ *le prend*. Son portrait et l'ami d'Adine ! il a encore ce mérite-là ; ah ! ah ! Carise, voilà trop de qualités, il n'y a pas moyen de résister ; Mesrin, venez que je vous aime.

MESRIN – Ah ! délicieuse main que je possède !

ÉGLÉ – L'incomparable ami que je gagne !

MESROU – Pourquoi quitter Adine ? avez-vous à vous plaindre d'elle ?

MESRIN – Non, c'est ce beau visage-là qui veut que je la laisse.

ÉGLÉ – C'est qu'il a des yeux, voilà tout.

MESRIN – Oh ! pour infidèle je le suis, mais je n'y saurais que faire.

ÉGLÉ – Oui, je l'y contrains, nous nous contraignons tous deux.

CARISE – Azor et elle vont être au désespoir.

MESRIN – Tant pis.

ÉGLÉ – Quel remède ?

CARISE – Si vous voulez, je sais le moyen de faire cesser leur affliction avec leur tendresse.

MESRIN – Eh bien ! faites.

ÉGLÉ – Eh ! non, je serai bien aise qu'Azor me regrette, moi ; ma beauté le mérite ; il n'y a pas de mal aussi qu'Adine soupire un peu, pour lui apprendre à se méconnaître.

SCÈNE XVII

Mesrin, Églé, Carise, Azor, Mesrou

MESROU – Voici Azor.

MESRIN – Le camarade m'embarrasse, il va être bien étonné.

CARISE – À sa contenance, on dirait qu'il devine le tort que vous lui faites.

ÉGLÉ – Oui, il est triste ; ah ! il y a bien de quoi. *(Azor s'avance honteux, elle continue.)* Êtes-vous bien fâché, Azor ?

AZOR – Oui. Églé.

ÉGLÉ – Beaucoup ?

AZOR – Assurément.

ÉGLÉ – Il y paraît, eh ! comment savez-vous que j'aime Mesrin ?

AZOR, *étonné* – Comment ?

MESRIN – Oui, camarade.

AZOR – Églé vous aime, elle ne se soucie plus de moi ?

ÉGLÉ – Il est vrai.

AZOR, *gai* – Eh ! tant mieux ; continuez, je ne me soucie plus de vous non plus, attendez-moi, je reviens.

ÉGLÉ – Arrêtez donc, que voulez-vous dire, vous ne m'aimez plus, qu'est-ce que cela signifie ?

AZOR, *en s'en allant* – Tout à l'heure vous saurez le reste.

SCÈNE XVIII

Mesrou, Carise, Églé, Mesrin

MESRIN – Vous le rappelez, je pense, eh ! d'où vient ? Qu'avez-vous affaire à lui, puisque vous m'aimez ?

ÉGLÉ – Eh ! laissez-moi faire, je ne vous en aimerai que mieux, si je puis le ravoir, c'est seulement que je ne veux rien perdre.

CARISE *et* MESROU, *riant* – Hé ! hé ! hé ! hé !

ÉGLÉ – Le beau sujet de rire !

SCÈNE XIX

Mesrou, Carise, Églé, Mesrin, Adine, Azor

ADINE, *en riant* – Bonjour, la belle Églé, quand vous voudrez vous voir, adressez-vous à moi. J'ai votre portrait, on me l'a cédé.

ÉGLÉ, *lui jetant le sien* – Tenez, je vous rends le vôtre, qui ne vaut pas la peine que je le garde.

ADINE – Comment ! Mesrin, mon portrait ! Et comment l'a-t-elle ?

MESRIN – C'est que je l'ai donné.

ÉGLÉ – Allons, Azor, venez que je vous parle.

MESRIN – Que vous lui parliez ! Et moi ?

ADINE – Passez ici, Mesrin, que faites-vous là, vous extravaguez, je pense.

SCÈNE DERNIÈRE

Mesrou, Carise, Églé, Mesrin, le Prince,
Hermiane, Adine, Meslis, Dina, Azor

HERMIANE, *entrant avec vivacité* – Non, laissez-moi, Prince ; je n'en veux pas voir davantage ; cette Adine et cette Églé me sont insupportables, il faut que le sort soit tombé sur ce qu'il y aura jamais de plus haïssable parmi mon sexe.

ÉGLÉ – Qu'est-ce que c'est que toutes ces figures-là, qui arrivent en grondant ? Je me sauve.

Ils veulent tous fuir.

CARISE – Demeurez tous, n'ayez point de peur ; voici de nouveaux camarades qui viennent, ne les épouvantez point, et voyons ce qu'ils pensent.

MESLIS, *s'arrêtant au milieu du théâtre* – Ah ! chère Dina, que de personnes !

DINA – Oui, mais nous n'avons que faire d'elles.

MESLIS – Sans doute, il n'y en a pas une qui vous ressemble. Ah ! c'est vous, Carise et Mesrou, tout cela est-il hommes ou femmes ?

CARISE – Il y a autant de femmes que d'hommes ; voilà les unes, et voici les autres ; voyez, Meslis, si parmi les femmes vous n'en verriez pas quelqu'une qui vous plairait encore plus que Dina, on vous la donnerait.

ÉGLÉ – J'aimerais bien son amitié.

MESLIS – Ne l'aimez point, car vous ne l'aurez pas.

CARISE – Choisissez-en une autre.

MESLIS – Je vous remercie, elles ne me déplaisent point, mais je ne me soucie pas d'elles, il n'y a qu'une Dina dans le monde.

DINA, *jetant son bras sur le sien* – Que c'est bien dit !

CARISE – Et vous, Dina, examinez.

DINA, *le prenant par-dessous le bras* – Tout est vu ; allons-nous-en.

HERMIANE – L'aimable enfant ! je me charge de sa fortune.

LE PRINCE – On ne vous séparera pas ; allez, Carise, qu'on les mette à part et qu'on place les autres suivant mes ordres. (*Et à*

Hermiane.) Les deux sexes n'ont rien à se reprocher, Madame : vices et vertus, tout est égal entre eux.

HERMIANE – Ah ! je vous prie, mettez-y quelque différence : votre sexe est d'une perfidie horrible, il change à propos de rien, sans chercher même de prétexte.

LE PRINCE – Je l'avoue, le procédé du vôtre est du moins plus hypocrite, et par là plus décent, il fait plus de façon avec sa conscience que le nôtre.

HERMIANE – Croyez-moi, nous n'avons pas lieu de plaisanter. Partons.

Supplément pour étude

Les fiches élèves proposées ont été conçues par des professeurs afin de servir d'exercices dans le cadre d'une étude approfondie de *L'Île des esclaves*.

■ Fiche élève 1

Étude de la scène d'exposition

1. Une scène d'exposition :

Le cadre spatio-temporel :

1) Quels éléments possède-t-on en ce qui concerne le lieu ?

2) Montrez que ce lieu apparaît comme hostile et dangereux aux yeux d'Iphicrate.

3) À quelle époque l'action se situe-t-elle d'après vous ?

4) Quel est l'intérêt d'un cadre spatio-temporel aussi indéterminé ?

La présentation des personnages :

1) Recherchez l'origine du personnage d'Arlequin. Montrez que c'est un personnage traditionnel de la commedia dell'arte.

2) Dans quelle mesure son caractère et son comportement correspondent-ils bien dans cette scène à cette tradition ?

3) Que signifie étymologiquement le nom « Iphicrate » ?

4) Plusieurs accessoires dans cette scène soulignent la brutalité du personnage. Relevez-les et analysez-les.

2. Une scène comique au service de la satire :

1) Expliquez le comique des répliques d'Arlequin : « Mon cher patron, vos compliments me charment ; vous avez coutume de m'en faire à coups de gourdin qui ne valent pas ceux-là », « Les marques de votre amitié tombent toujours sur mes épaules ». Comment appelle-t-on ce procédé ?

2) Histoire du théâtre : travail de recherches documentaires sur l'histoire de la comédie de l'Antiquité à nos jours. Montrez que le rire est souvent associé à une fonction morale.

3) Dans un paragraphe argumenté, vous expliquerez pourquoi le registre comique peut être un moyen efficace pour dénoncer les injustices.

3. Le renversement de situation :

1) Étudiez l'énonciation dans cette scène.

2) Observez le sens et la modalité des verbes par lesquels Iphicrate s'adresse à Arlequin. Dans quelle mesure traduisent-ils un changement de situation dans le rapport entre les deux personnages ?

3) Étudiez le jeu des pronoms personnels et des possessifs dans cette scène. Montrez qu'ils mettent en évidence l'autonomie progressive d'Arlequin vis-à-vis de « son patron ».

4) De quelle manière Arlequin manifeste-t-il son opposition aux décisions d'Iphicrate au début de la scène ?

5) Comment appelle-t-on une longue réplique au théâtre ? Pourquoi est-il significatif qu'Arlequin puisse s'exprimer longuement à la fin de la scène ?

4. Sujet d'invention :

Écrivez un article commentant le choix du prologue dans la mise en scène de *L'Île des esclaves* par Irina Brook.

■ Fiche élève 2

Mise en scène et dramaturgie

Classez les termes selon qu'ils appartiennent au texte, à sa représentation ou aux deux : *didascalie, metteur en scène, dramaturge, acteur, interprétation, scène, côté cour, côté jardin, lieu, décor, quatrième mur, représentation, mise en abyme.*

1. La structure de la pièce :

Dans un tableau, indiquez scène par scène les personnages présents. Vous préciserez quelles sont les scènes qui correspondent aux termes suivants : *exposition, nœud, dénouement*. Quelles observations pouvez-vous faire sur la construction de la pièce de Marivaux ? Montrez que certaines scènes se font écho et que la pièce est fondée sur une structure circulaire.

2. Les éléments concrets de la représentation :

Quel est le décor de *L'Île des esclaves* ? En quoi le choix d'une île est-il intéressant ?

Vous indiquerez quel est le rôle dramatique des accessoires/objets (quelle fonction ils jouent par rapport à l'histoire) et le rôle symbolique s'ils en ont un (ce qu'ils représentent).

Recherchez des documents iconographiques représentant le personnage d'Arlequin en les reliant à son statut social, à son caractère et à son rôle dans la pièce de Marivaux.

Si vous deviez mettre en scène *L'Île des esclaves*, quel costume attribueriez-vous à Iphicrate ? Justifiez votre réponse.

Pour quelles raisons les personnages échangent-ils leurs costumes au cours de la pièce ?

3. Le jeu de l'acteur :

Faites une lecture expressive de la scène I en veillant à ce que les tons successifs rendent compte des émotions des personnages.

4. L'importance de la mise en scène :

Ionesco affirme : « Il est non seulement permis, mais recommandé de faire jouer les accessoires, faire vivre les objets, animer les décors, concrétiser les symboles. De même que la parole est continuée par le geste, le jeu, la pantomime, qui, au moment où la parole devient insuffisante, se substituent à elle, les éléments scéniques matériels peuvent l'amplifier à leur tour. » Vous expliquerez dans un développement argumenté quel rôle jouent ces éléments concrets par rapport au texte théâtral et comment ils peuvent être utilisés par la mise en scène.

■ Fiche élève 3

Étude de la scène VI

Montrez que cette scène occupe une place centrale dans l'œuvre, par sa place et parce qu'elle est un pivot dans l'échange des rôles maîtres-valets.

1. La parodie du discours galant :

1) Relevez les termes appartenant au champ lexical de l'amour.

2) Étudiez les autres codes typiques de la rhétorique amoureuse : ponctuation expressive, hyperboles, images et métaphores devenues des lieux communs, pointes.

3) Recherchez ce qu'on appelle « le marivaudage » et expliquez en quoi cette scène est une parodie de ce badinage amoureux auquel on réduit trop souvent Marivaux.

2. Le théâtre dans le théâtre :

Des metteurs en scène inventifs :

1) Montrez que Cléanthis et Arlequin se conduisent comme de véritables metteurs en scène.

2) Comment appelle-t-on ce phénomène de « théâtre dans le théâtre » ?

3) Quel nouveau scénario proposent-ils à la fin de la scène ?

4) Recherchez ce qu'est un « Zanni ». Montrez que par son attitude Arlequin en est un représentant typique.

Des spectateurs contraints :

1) De combien de répliques disposent Euphrosine et Iphicrate dans cette scène ?

2) Montrez que le fait de les réduire à assister, muets et impuissants, à la discussion de leurs anciens valets, les conduit à éprouver ce que vivent les valets d'ordinaire.

3) Dans quelle mesure cette représentation que donnent Cléanthis et Arlequin a une valeur éducative pour eux ? Vous étudierez notamment les phénomènes de double énonciation.

4) Pourquoi peut-on parler de *catharsis* pour cette scène ?

3. Une remise en cause de la hiérarchie sociale :

1) Étudiez les deux répliques de Cléanthis : « Eh bien, faites... » et : « Tenez, tenez, promenons-nous plutôt de cette manière-là... ». Pourquoi peut-on dire que l'enjeu de la discussion entre Arlequin et Cléanthis n'est pas amoureux mais social ?

2) Montrez que le mouvement final de séduction des maîtres participe de cette revendication sociale.

3) « Me voilà dame et maîtresse d'aussi bon jeu qu'une autre : je la suis par hasard ; n'est-ce pas le hasard qui fait tout ? » Montrez que cette phrase dénonce l'arbitraire des inégalités sociales.

4. Être et paraître :

1) Montrez qu'Arlequin prend très vite de la distance par rapport au rôle de galant qu'il est censé jouer. Comment se manifeste cette distanciation ?

2) De quelle manière réagit Cléanthis face aux nombreux écarts d'Arlequin ?

3) Pour quelle(s) raison(s) les deux personnages réagissent-ils aussi différemment ?

4) Arlequin est le personnage sincère dans cette scène. Dans quelle mesure son attitude annonce-t-elle le dénouement de la pièce et sa leçon morale ?

5) Montrez qu'Arlequin et Cléanthis correspondent chacun à une façon différente de concevoir le jeu de l'acteur.

■ Fiche élève 4

L'Utopie

1. Espace utopique et espace scénique :

1) Cherchez le sens étymologique du mot « utopie ». Par qui ce mot a-t-il été inventé ? Résumez en quelques lignes ce qu'était cette première utopie.

2) Pourquoi l'île est-elle un lieu privilégié pour une utopie ?

3) Montrez que Marivaux nous place aussi dans une uchronie en mélangeant habilement des époques différentes.

4) Combien d'« îles » Marivaux a-t-il écrit ? Cherchez quel combat des Lumières est au cœur de chacune de ses « îles ».

5) Connaissez-vous dans la littérature ou au cinéma d'autres œuvres qui ont pour cadre une île et permettent ainsi une « expérimentation » ?

2. Le lieu d'une épreuve :

Étude des deux discours de Trivelin scène II et scène dernière.

Un « cours d'humanité » :

1) Relevez dans les deux discours de Trivelin le champ lexical de l'éducation.

2) Étudiez l'expression qui caractérise Iphicrate et Euphrosine d'après Trivelin : « Durs, injustes et superbes ». Cherchez le sens du mot « superbe » au XVIIIe siècle. Comment appelle-t-on la figure de style présente dans cette expression ?

3) Trouvez dans le discours de Trivelin l'expression opposée à celle-ci.

4) Montrez qu'effectivement le programme d'éducation que leur décrit Trivelin repose sur ces trois points.

Une difficile épreuve :

1) Dans quelle mesure s'agit-il réellement d'une « épreuve » pour Iphicrate et Euphrosine ? Prouvez que leur sort sur *L'Île des esclaves* est difficile pour eux.

2) Montrez la racine commune qui unit le mot « preuve » au mot « épreuve ».

3) En quoi cette épreuve correspond-elle aux idéaux des Lumières ? Montrez qu'elle relève à la fois de l'expérience et d'une lutte contre les inégalités.

3. L'apprentissage d'un nouveau langage :

1) Être le maître revient à occuper l'espace sonore de la pièce. Comparez les différences d'interventions d'Arlequin et d'Iphicrate dans la pièce et montrez qu'il y a un rapport entre la longueur des répliques et la position de force.

2) « Vous parlez la langue d'Athènes, mauvais jargon que je n'entends plus », déclare Arlequin à Iphicrate dans la scène I. Quelles sont les caractéristiques de cette langue des maîtres ?

3) Le cours de Trivelin a pour objectif d'apprendre à Iphicrate et à Euphrosine à parler « raison » (scène III). Étudiez l'échange entre Trivelin et Euphrosine à la scène VI. Quel est l'objectif poursuivi par Trivelin ? Pourquoi pourrait-on parler d'un travail de *maïeutique* ici ?

4. La portée critique de *L'Île des esclaves* :

1) Donnez la définition du terme « esclavage ». Quel est le lien entre le sens propre et le sens figuré ici ?

2) À quelle date le terme « esclavage » apparaît-il dans la langue française ? Quel est le sens de ce radical dans la langue d'origine ?

3) Donnez trois synonymes au terme « esclavage » de niveau de langue soutenu. Donnez deux antonymes au terme « esclavage ».

4) Expliquez ce qu'est le commerce triangulaire. Qu'appelait-on le « Code Noir » ?

5) Au-delà de l'esclavage, montrez que la société d'Ancien Régime est fondée sur une conception inégalitaire des hommes.

5. Sujet de réflexion :

En vous appuyant sur le dénouement de *L'Île des esclaves,* partagez-vous cette affirmation de Frédéric Deloffre qui écrit : « Il est certain que, quelles que soient les raisons de sa prudence, Marivaux ne réclame ni un bouleversement des institutions, ni l'instauration d'une société sans classe » ?

Achevé d'imprimer en Italie par Grafica Veneta
en février 2017
Dépôt légal juillet 2016
EAN 9782290134009
OTP L21ELLN000755B002

—

Ce texte est composé en Le Monde journal et en Akkurat

—

Conception des principes de mise en page :
mecano, Laurent Batard

—

Composition : PCA

—

ÉDITION J'AI LU
87, quai Panhard-et-Levassor, 75013 Paris
Diffusion France et étranger : Flammarion

Librio
477